POPULAR
Planeta

Ben Ames Williams

TODOS LOS HERMANOS FUERON VALIENTES

y

BLACK PAWL

Editorial Planeta
Barcelona

Título original: All the brothers were valiant y Black Pawl
Traducción del inglés por Enrique de Juan

Editorial Planeta, S.A., Córcega, 273, Barcelona (España)
Diseño colección, cubierta y foto de Hans Romberg (montaje de Manuel G. Chacón)
Primera edición en Popular Planeta: octubre de 1976
Depósito Legal: B. 40.528-1976
ISBN 84-320-2153-9
ISBN 84-320-1335-8 primera publicación
Printed in Spain - Impreso en España
Publicaciones Reunidas, S.A. - Alfonso XII, s/n - Badalona (Barcelona)

I

La hermosa y vieja casa se alzaba en Jumping Tom Hill, dominando el pueblo. Estaba allí desde antes que aquello fuera un pueblo, cuando sólo una choza o dos se veían en la linde de los bosques de abajo, cerca de la costa. La madera, ahora estropeada por el viento, había sido traída en barco desde Inglaterra, ya serrada, y lo mismo los ladrillos de la chimenea. Los indios acostumbraban a acudir a la casa, en lo más frío del invierno, en demanda de cobijo. Allí se les daban mantas, comida y bebida, y dormían en el suelo de la cocina; y cuando el tatarabuelo de Joel Shore bajaba por la mañana, se encontraba con que tanto los indios como las mantas habían desaparecido. A veces, los indios regresaban con una anca de venado o una tajada de oso... y a veces no regresaban para nada.

El edificio ofrecía ahora el aire de vetustez que las viejas casas de Nueva Inglaterra muestran a menudo. Estaba perfectamente restaurada. Su pintura era blanca, y las persianas colgaban uniformemente de las ventanas. Pero el césped estaba sin cortar alrededor de la casa, y la falta de una terraza y las cerradas puertas y ventanas hacían que el edificio pareciera sin vida y carente del sabor de la presencia humana. Alrededor del jardín se extendía una verja pintada de blanco, y un serpenteante rosal cubría la parte superior de esta verja. Los capullos de rosa estallaban en flores encarnadas.

La casa era de forma cuadrada, sencilla y sin ornamentación. Estaba construida alrededor de una grande y cuadrada chimenea que era como su espina dorsal. Había seis salidas de humo en la tal chimenea, y una marmita encima de cada salida. Aquellos pequeños cacharros de chimenea rompían las severas líneas de la casa, constituyendo la única sugestión de ligereza o de frivolidad que existía en ella. Eran como cabezas de niños traviesos que miraran por encima de una verja...

En la fachada principal de la casa, en el segundo piso, se extendía una sola y larga habitación que era como un corredor. Sus ventanas, por encima del pueblo, daban al puerto. Un catalejo colgaba de un gancho de la pared, y sobre una mesita había un *hog-yoke* dentro de su estuche, y también un cronómetro de barco y una brújula... En la pared, en un pequeño canuto de estaño, algunos mapas, y uno que mostraba el puerto y el canal hasta el mar colgaba entre las ventanas del centro. En el ángulo norte de la estancia había un arpón, dos lanzas y una hacha. Sus hojas se hallaban cubiertas con vainas de madera pintada de gris. Una mandíbula de quince pies, limpia y pulida y con todos sus curvados dientes en su lugar, colgaba de la pared trasera y brillaba como viejo y amarillento marfil. El sillón y la mesa estaban hechos de hueso de ballena y en un pequeño pedestal colocado sobre la mesa descansaba el modelo de un barco ballenero, no más grande de dieciocho pulgadas, hecho de marfil y perfecto en todos sus detalles. Incluso los pequeños arpones de los botes que colgaban de las bordas tenían en sus puntas trocitos de acero.

Las ventanas de aquella habitación estaban fuertemente cerradas; sin embargo, la estancia estaba llena del fuerte y áspero olor del mar.

Joel Shore se hallaba sentado en el sillón de hueso de ballena junto a la mesa, leyendo un libro. El libro era el Cuaderno de bitácora de la Casa de Shore. El padre de Joel lo había empezado cuando Joel y sus cuatro hermanos pasaban de la niñez a la juventud... La mitad del libro estaba lleno de anotaciones hechas con la pequeña y temblorosa mano de Matthew Shore. La última de estas anotaciones era muy breve. Empezaba con una fecha y en ella se leía lo siguiente:

«El viento se alza ligero y proviene del sur. Hoy entró en el puerto el barco *Winona*, después de un viaje de tres años, dos meses y cuatro días. El capitán Chase me informó de que mi hijo mayor, Matthew Shore, fue víctima de la aleta de la cola de una verdadera ballena en la isla de Christmas. La ballena produjo setenta barriles de aceite. Matthew era el tercero de a bordo.»

Y debajo, en una línea, como un epitafio, las palabras:

«*Todos los hermanos fueron valientes.*»

Dos días después el viejo enfermó, y tres semanas más tarde moría. Se podía decir mucho del gran Matt...

Joel, volviendo las páginas del Cuaderno para leer sus breves anotaciones, no tardó en encontrar lo siguiente, escrito de puño y letra de su hermano John.

«Viento del este. En este día se informa que el *Betty* se perdió en aguas japonesas, con toda su tripulación, salvo el grumete y el cocinero. Noah Shore era el cuarto de a bordo. El día terminó como empezó.»

Y abajo, de nuevo, la única línea:

«*Todos los hermanos fueron valientes.*»

Siguieron muchas páginas llenas de relatos de provechosos viajes, cuando los barcos retornaban a la patria cargados de barriles rebosantes y en donde los hermanos de la Casa de Shore desempeñaban papeles de tripulantes. Las anotaciones eran ahora de la mano de uno, a veces de otro: John, Mark y Joel... Joel leyó frases aquí y allá:

«Hoy arribó el *Martin Wilkes*... Dos años, once meses y veintidós días... El capitán murió durante el viaje, y el segundo de a bordo, John Shore, llegó a ser capitán. El día acabó como empezó.»

Y una página o dos después:

«...*Martin Wilkes*... dos años, dos meses, cuatro días... Tubos sobre cubierta llenos de aceite porque no había más espacio en los barriles... Capitán, John Shore.»

La primera anotación de Mark Shore en el Cuaderno se destacaba de las otras, pues la mano de Mark era atrevida y fuerte y las letras se extendían negras sobre el papel. Además, Mark empleaba el pronombre personal, mientras que los otros hermanos escribían siempre en tercera persona. Mark había escrito:

«Hoy, yo, Mark Shore, a la edad de veintisiete años, he tomado el mando del ballenero *Nathan Ross*.»

Joel leyó tres veces este párrafo. Había en él un osado orgullo y una nota intensa y temeraria que parecía traer a este hermano hasta sus mismos ojos. Mark había sido siempre así, vivo de lengua, fuerte y positivo. Joel volvió otra hoja y llegó a donde Mark había escrito:

«Hoy arribé de mi primer viaje, con los barriles llenos en dos años, siete meses y quince días. Encontré al *Martin Wilkes* en el puerto. Me informan de que el capitán John Shore se perdió en Vau Vau en un esfuerzo por salvar al grumete, que se había caído por la borda. El muchacho se perdió también.»

Y abajo, con atrevidos y desafiantes caracteres:

«*Todos los hermanos fueron valientes.*»

Había dos páginas más de anotaciones trazadas por la mano de Mark o de Joel antes de que llegara al final. Cuando llegó a la página en blanco, Joel mojó la pluma, encorvó sus anchos hombros sobre el libro y escribió lentamente lo que tenía que escribirse:

«Viento del nordeste ligero —empezó de acuerdo con la antigua fórmula del mar, que hace que el estado del viento y del tiempo sea lo más importante—. Viento del nordeste ligero. Hoy, el *Martin Wilkes* puso fin a un viaje de tres años. Encontró en el puerto al *Nathan Ross*. Éste informa que el capitán Mark Shore abandonó el barco cuando se hallaban en las islas Gilbert. No regresó y no pudo ser hallado. Buscaron durante tres semanas. Encontraron isleños hostiles, pero ninguna traza de Mark Shore.»

Cuando tuvo escrito esto, lo leyó moviendo los labios. Luego permaneció inmóvil un tiempo con el ceño fruncido, pensando y preguntándose si habría alguna posibilidad... Pero al final desechó sus esperanzas. Si Mark viviera, ya le habrían encontrado. Seguramente le habrían encontrado...

Así que Joel escribió la frase acostumbrada:

«*Todos los hermanos fueron valientes.*»

Y abajo, en una reflexión tardía añadió:

«Joel Shore llegó a ser segundo de a bordo del *Martin Wilkes* durante su primer viaje.»

Secó esta frase, cerró el libro y lo puso a un lado. Luego se acercó a las ventanas y miró hacia el puerto, permaneciendo allí durante largo tiempo. Su rostro estaba sereno, pero sus ojos se mostraban ligeramente turbados. No veía lo que había debajo de él.

Sin embargo, era digno de contemplarse. El pueblo era antiguo y poseía la fragancia del tiempo. Debajo de Joel, en las laderas de la colina, entre los árboles, se alzaban las cuadradas casas blancas de la gente del pueblo. Más allá, la blanca aguja de la iglesia con su grímpola. Joel observó que el viento seguía siendo del noroeste. La grímpola se movía rápidamente en el ligero aire. Podía ver los mástiles y vergas de los barcos anclados en el puerto. Las vergas del *Nathan Ross* estaban inclinadas en señal de duelo por su hermano. En el trozo del muelle en que estaba atracado el barco percibió las hileras de barriles en los que se veía el grasiento aceite de color castaño. Más allá, la suave agua se encrespaba a impulsos del viento, y oscuras arrugas aparecían sobre su superficie a cada soplo. Había gaviotas en el aire y sobre el agua. Reinaba tal quietud en el soñoliento pueblo, que si Joel hubiese tenido las ventanas abiertas habría podido oír los agudos gritos de las aves. Un hombre desembarcaba de una goleta pesquera anclada más allá de los muelles, y una lancha ballenera avanzaba como una araña a lo largo del puerto en dirección a Fairhaven, situado en el otro lado.

En un mástil que había en un gran edificio próximo al agua, una bandera a media asta colgaba suavemente en el quieto aire. Joel sabía que estaba colocada así por su hermano. Miró pensativamente a la bandera y reflexionó. Había habido tal insolencia vital en el gran Mark Shore... Resultaba difícil creer que estuviera muerto.

Una mujer atravesó la calle por debajo de la casa, levantó la cabeza y le vio en la ventana. Pero Joel no la vio a ella. Dos muchachos treparon por la blanca verja de picos y se cortaron los dedos al romper, sin ser molestados por nadie, algunos brotes medio abiertos de las ramas. Cuando los muchachos se marcharon, una ardilla gris descendió de un olmo que había enfrente de la calle y se dirigió desesperada al pie del gran roble que se alzaba debajo de la casa. Cuando el animal se sintió seguro en las ramas altas del árbol se decidió a increpar despreciativamente a los imaginarios terrores de que había escapado. Un arrendajo azul con plumas rizadas —una enorme pelota azul en el aire— vino del olmo, se estableció cerca de la ardilla y ambos comenzaron a lanzarse insultos al estilo de cocheros. La ardilla juraba con temperamento y decisión; el arrendajo, con malicia y en tono de mofa, El pájaro pareció ganar la partida, pues la ardilla guardó silencio súbitamente y se marchó, revelando sus emociones sólo por medio de los irritados movimientos de su cola. Cuando la ardilla desapareció, el arrendajo comenzó a investigar un nudo de una rama del roble. El pájaro dio la vuelta alrededor de aquel nudo con un lento movimiento curiosamente parecido al de un loro.

Un muchacho ya un poco mayorcito trepaba por la calle y se detuvo ante la verja. Joel permaneció en donde estaba hasta que el muchacho manipuló en el llamador de la puerta. Entonces bajó la escalera y abrió. Conocía al muchacho. Se trataba de Peter How. Peter era delgado, tenía pecas y poseía un temperamento nervioso, siendo propenso al tartamudeo. Cuando Joel abrió la puerta, Peter fue al pronto incapaz de hablar. Permaneció en el umbral levantando y bajando la barbilla como si el cuello de la camisa le estorbase. Joel sonrió lentamente.

—Entra, Peter —dijo.

Peter levantó la barbilla y movió la cabeza furioso.

—S-s-s —dijo—. Asa W-W-Worthen desea ve-ve-verle a usted.

Asa Worthen era el propietario del *Martin Wilkes* y del *Nathan Ross.* Joe asintió con un movimiento de cabeza.

—Gracias, Peter —repuso al muchacho—. Cojo mi sombrero y voy.

Peter movió la cabeza. Parecía ahogarse.

—Es-es-está e-e-e-en su oficina —pudo decir al fin.

Joel encontró su sombrero y, cerrando la puerta de la casa tras él, bajó junto con Peter por la sombreada calle.

II

Asa Worthen era un anciano pequeño, enjuto y terriblemente versátil. Debía pasar bastante de los sesenta, y se había hecho rico recolectando los tesoros vivos del mar. A los treinta y cuatro años fue dueño de su primer barco. Éste era viejo, destartalado y no más adecuado para la mar que un madero. Pero ganó con este barco más de cuatrocientos mil dólares netos antes de hundir el barco en la arena en la parte baja del pueblo. El barco quedó allí embarrancado con sus partes superiores fuertes y bien conservadas. Pero la parte inferior estaba estropeada y el barco se fue pudriendo lentamente en la arena.

El mismo Asa había capitaneado su viejo barco hasta que dejó de prestar servicio. Pero cuando fue hundido en la arena, él también se quedó en tierra a observar cómo regresaban sus otros barcos. Cuando éstos estaban anclados en el puerto ocupaban su propio muelle, y el propietario, desde su oficina alzada en el extremo del puerto, podía ver sus cubiertas y observar cómo descargaban los barriles llenos de aceite y subían a bordo los víveres necesarios para cada viaje. Los gritos de los hombres y de las gaviotas, el ruido de los aparejos y de las poleas, así como el rico olor del aceite, llegaban hasta él... El *Nathan Ross* estaba ahora cargando, y cuando Joel subió la escalera del despacho encontró al viejo en la ventana observando cómo bajaban grandes cantidades de duelas a la bodega, haciendo signos de impaciencia ante la lentitud con que los hombres realizaban su tarea.

La oficina de Asa era algo digno de contemplarse: una extraña y enorme habitación, con ventanas a tres lados. Contra una de las paredes, un ballenero con todo su aparejo. En un rincón, la retorcida mandíbula de una fiera del tamaño de un barril de sesenta, matada en las Seychelles; el gran escritorio de Asa Worthen, que tenía encima un modelo de seis pies de su viejo barco, estaba situado entre dos ventanas. Junto a la mesa escritorio se hallaba ese aparato conocido entre los balleneros como un «baño de mujer»: un barril serrado, a manera de silla, con una madera cruzada por asiento y cuerdas tan bien colocadas que el total podía ser fácil y seguramente pasado del buque a un pequeño bote o al revés. Asa había llevado a su esposa con él en más de uno de sus primeros viajes... antes de que ella muriera...

Al oír los pasos de Joel, el hombrecito se apartó torpemente de la ventana y fue hacia la puerta. Hacía muchos años, un sedal de una ballena que huía había pillado su pierna izquierda, llevándose un trozo de músculo, y esta pierna era ahora más corta que su compañera, así que Asa andaba cojeando. Atravesó la gran habitación, tomó el brazo de Joel y acompañó al joven hasta el escritorio.

—Siéntate, Joel. Siéntate —dijo vivamente—. Tengo algo que decirte, hijo mío. Siéntate.

Asa estaba fumando y Joel sacó un tallo de hoja de su bolsillo, lo cortó en tres pedazos, lo apretujó y lo metió en la cazoleta de su negra pipa. Asa observó el proceso y observó a Joel, mientras daba chupadas, sin hacer ningún comentario. Había algo furtivo en el escrutinio a que sometió al joven, pero Joel no se percató de ello. Cuando la pipa estuvo dispuesta, Asa le dio una cerilla y Joel la encendió y chupó lentamente...

De pronto, Asa empezó a decir lo que tenía que decir.

—Joel, el *Nathan Ross* estará listo para zarpar dentro de cinco días. Es fuerte, su maderamen es bueno y su aparejo resistente. Se trata de un barco con suerte. El aceite parece seguirle por el ancho mar y pedir ser tomado. Como sabes, Joel, es mi barco preferido, y está muy bien acondicionado. Mark le llevaba, y ahora deseo que lo lleves tú.

Los tranquilos ojos de Joel se encontraron con los de Asa mientras éste hablaba, y Asa desvió la mirada. Pero el corazón de Joel palpitó de tal modo ante las palabras del hombre más viejo, que tampoco se dio cuenta de ello.

Escuchó y esperó pensativamente hasta que estuvo seguro de lo que quería decir. Entonces preguntó con voz tranquila:

—¿No es James Finch el primer oficial de ese barco? ¿No lo ha traído él hasta aquí?

—Sí —contestó Asa impaciente—. Lo trajo a casa con gran prisa. Pero no había necesidad de esa prisa, pues le quedaban todavía barriles por llenar y había una barbaridad de esperma en el lugar donde se encontraban. Hubiera tenido que llenar esos últimos barriles. En ellos está el provecho. —Sacudió la cabeza tristemente—. No, Jim Finch no lo mandará. Es un buen hombre, siempre que esté bajo las órdenes de otro. Pero carece de decisión en cuanto se encuentra solo. Cuando Mark Shore desapareció... Jim no tuvo otro pensamiento que arrojar los ladrillos de las calderas por la borda y regresar a casa como si tuviera miedo de enfrentarse solo con el mar.

Joel dio tres chupadas a su pipa; luego dijo:

—Usted ha dicho esta mañana que durante tres semanas se buscó a Mark por todas las islas Gilbert.

Los pequeños ojos de Asa se clavaron en Joel, pero acto seguido miró a otra parte.

—¡Ah, sí! —repuso en tono áspero—. Se buscó durante tres semanas cuando con una había de sobra. Si Mark Shore vivía y hubiera deseado encontrar su barco, habría dado con él en una semana, y si estaba muerto... no había necesidad de desperdiciar el tiempo.

—Sin embargo —contestó Joel tranquilamente—, James Finch tiene todo mi agradecimiento por esa búsqueda, y no quiero hacerle daño ni meterme en lo que haga.

Asa sonrió sombríamente.

—Eres demasiado considerado —manifestó—. Jim Finch era el segundo de tu hermano y le era muy leal. Mientras está bajo otro hombre, se siente satisfecho. Pero no desea ser su propio dueño ni el dueño de otro barco y de hombres. Ya se lo he preguntado.

Joel dio una fuerte chupada a su pipa y después de un momento preguntó:

—Señor, ¿qué cree usted que le sucedió a Mark?

Asa tornó a mirarle rápidamente, pero luego apartó la vista, y con su acostumbrada volubilidad dio de lado la cuestión y levantó la mano:

—Pregunta a James Finch. Yo no te lo puedo decir —repuso escuetamente.

—¿No tiene usted opinión? —insistió Joel.

El armador torció la cabeza, hizo chocar la punta de un dedo contra la de otro y asumió el aire del que emite un sabio juicio.

—Los isleños son así —dijo—. Hay muchos allá.

Miró de través a Joel y a continuación apartó la vista. Joel hizo signos de asentimiento con la cabeza.

—Sí, hay muchos por los contornos —asintió—. Pero habría habido huellas. ¿No encontraron ninguna?

—Mark dejó el barco a la tripulación —repuso Asa— y estuvo andando por toda la costa. Eso fue todo.

—¿No había huellas?

—Llegaron hasta el lugar donde el desaparecido abandonó la arena —repuso el armador removiéndose en su asiento—. Me parece haber oído decir que tú y Mark no erais muy buenos amigos, Joel. Tu hermano no te trataba bien.

Joel miró al hombrecillo con ojos inexpresivos.

—Era mi hermano.

—He oído decir que él se olvidó a veces de que lo erais.

Joel no prestó atención a estas palabras.

—¿Cree usted que se trataba de isleños?

Asa dio un puntapié a la esquina de su escritorio y luego miró a su pie.

—¿Quiénes más podían ser?

—Yo no sé nada —repuso Joel sacudiendo la cabeza—. Pero me parece a mí que Mark no era hombre para morir fácilmente. Había en él mucha vida.

Asa se levantó torpemente y movió una mano.

—Nos hemos desviado de la cuestión, Joel. ¿Qué hay del *Nathan Ross*? Estará listo para hacerse a la mar el martes. Yo no obligo a nadie a embarcarse. Di lo que tengas que decir, hombre. ¿Lo tomas o no?

Joel dio una vez más unas cuantas chupadas a su pipa.

—Si lo tomo —contestó—, registraremos primero de

todo las Gilbert para intentar encontrar huellas de mi hermano Mark.

Asa movió la cabeza.

—Si recogéis todo el aceite que halléis por el camino, no pondré ninguna objeción —afirmó—. En realidad, eso es lo mejor que se puede hacer. Mark podría vivir aún. —Sus ojos se clavaron un momento en los de Joel—. ¿Lo tomas entonces?

Joel asintió lentamente.

—Lo tomo, señor —contestó—. Y agradecido.

Asa tamboreó alegremente sobre su mesa de despacho.

—Está hecho. Y ahora...

Los dos hombres se sentaron de nuevo ante el amplio escritorio, y durante una hora estuvieron muy atareados hablando de las cuestiones relativas al próximo viaje. Cuando un ballenero se hace a la mar, lo hace para un viaje de tres años, y salvo quizá la comida y el agua, lleva en él todo lo que necesita para tan largo tiempo, y en abundancia. Es un almacén en medio del mar, y tiene que trabajar con hierro y con madera, con acero y con hueso, con fuego y agua, con cuerdas y velas. De todas estas cosas tiene que llevar, y mucho más; las listas de las bodegas de un barco ballenero son muy largas, y todo tiene que estar muy bien estibado. Cuando hubieron examinado todas estas cuestiones, Asa envió recado al muelle para que se presentase Jim Finch, y dijo al hombre que Joel mandaría el barco. Joel habló lentamente dirigiéndose a Finch:

—No quiero oír hablar de rencores en mi barco, señor. Si usted me echa la culpa por meterme en sus asuntos, Mr. Worthen le dará a usted otro empleo.

Finch movió la cabeza. Era un hombre alto y sonriente con suaves y gruesas mejillas.

—No, señor —declaró—. El barco es suyo, y bien venido. Su hermano era todo un hombre, y usted tiene el aspecto de serlo también, señor.

Joel se puso ceñudo. Sentíase incómodo. Experimentaba la sensación de que Finch se mostraba demasiado obsequioso. Pero no pronunció una palabra más, y Finch se marchó de nuevo al barco, y Asa y Joel prosiguieron con su tarea.

Mientras trabajaban, el sol de la tarde fue descendiendo por el cielo occidental hasta que sus rayos parecieron lanzas inflamadas disparadas en línea recta hacia el puerto. Una embarcación de pesca anclada en medio del canal desplegó sus alas con gran ruido de aparejo y descendió por el canal ayudada por la marea. Las ensordecedoras gaviotas descendieron una tras otra hasta el agua, o bien se alejaron hacia alguna tranquila cueva para pasar la noche. Sus roncos gritos llegaban con menos frecuencia y eran menos persistentes. El viento había aumentado y del agua venía un frío salitroso. En el aire flotaba un olor a cocina, el humo que brotaba de la cocina del *Nathan Ross,* y el frío olor del mar se mezclaba con el fuerte olor del aceite de los barriles alineados al final del muelle.

El sol tocaba el horizonte cuando Joel se puso al fin en pie para marcharse. Asa se levantó al mismo tiempo y colocó una mano en el hombro del joven. Pasaron ante el aparato llamado el «baño de mujer», y al mirarlo Asa pareció recordar algo. Se detuvo, miró a Joel con un ligero pestañeo y señaló el «baño».

—¿Te gustaría llevarte esto para el viaje, Joel? —preguntó mirando de soslayo al joven y sonriendo.

Las morenas mejillas de Joel se fueron cubriendo de un lento fuego. Pero su voz fue bastante firme cuando replicó:

—Es un amable ofrecimiento, señor. Sé muy bien para qué le servía a usted ese «baño».

—¿Lo quieres? —insistió Asa.

—Veremos —contestó Joel tranquilamente—. Veremos.

III

Los hermanos de la Casa de Shore se habían mostrado en su mayoría reacios a tomar esposa. Malt no estuvo jamás casado, ni Noah, ni Mark. John tuvo una esposa durante las semanas que pasó en el hogar antes de su último viaje. Pero no la llevó con él cuando lo emprendió, no quedando ningún John Shore que perpetuase el apellido.

La viuda de John Shore se llamaba Rachel, de soltera Rachel Holt, y el nombre de su hermana era Priscilla. Rachel era una de esas mujeres que sugieren ardores dormidos. Era lenta en el hablar, tranquila y calmosa... Pero John Shore y Mark la habían querido ambos, y cuando la joven se casó con John, Mark rió con una risa impía que causó miedo a la mujer. John y Mark no se hablaron jamás después de aquel matrimonio.

Priscilla, la hermana de Rachel, era una chiquilla alegre e indolente. Contaba seis años menos que Joel y había adquirido desde la niñez la costumbre de pensar que Joel era el ser más maravilloso de la creación. Las casas tenían sus patios colindantes, y ella era la chiquilla de su familia, y él el chiquillo de la suya. Así que el muchacho mayor y la chiquilla pequeña habían sido siempre camaradas y aliados contra el mundo. Antes de que Joel fuera por primera vez al mar como grumete, los dos habían decidido que algún día se casarían...

Joel fue a cenar aquella noche a casa de Priscilla. Se encontraba muy solo en su casa, y Mrs. Holt poseía un corazón de madre. Rachel vivía en aquella casa. Dio a Joel una tranquila bienvenida en la puerta antes de que Priscilla oyera desde la cocina la voz de él y acudiese rápidamente a saludarle. Había estado haciendo *popovers*, y tenía harina en los dedos, y también dejó harina en la mejor chaqueta negra de Joel cuando le abrazó. Rachel tuvo que cepillársela, una vez que Priss regresó a su horno.

Se sentaron a la mesa. Mrs. Holt en una de las cabeceras, y su esposo —un hombre grande, un antiguo capitán de barco tan lleno de hilaza como una bolsa de punto— en la otra. Rachel estaba en un lado, enfrente de Priss y de Joel. El barco de Joel había llegado aquel mismo día, y el *Nathal Ross* se encontraba en el puerto desde hacía semanas, así que todo el pueblo conocía la historia de Mark Shore. Hablaron ahora de ello, y Joel les contó lo que sabía... Rachel preguntó si existía alguna posibilidad de que Mark continuase aún con vida. Su padre interrumpió para contar una historia sobre el primer viaje de Mark, cuando el muchacho salvó la vida de un hombre por su rapidez con la destral en la línea de trepidación. El pueblo estaba lleno de historias así. Mark era uno de esos hombres que forman leyenda, y ahora había desaparecido...

Priscilla escuchaba la conversación con sus anchos ojos rebosantes de juventud, respetuosa con el misterio y la majestad de las cosas trágicas. Recordaba a Mark como un hombre enorme, como un dios pagano, a cuyo lado ella sólo era una niñita de piernas delgadas que hacía muecas a través de la verja. Después de la cena, cuando los demás les dejaron juntos en el salón, la muchacha dijo a Joel:

—¿Crees que ha muerto?

Su voz era un bisbiseo.

—Deseo averiguarlo —contestó Joel.

Rachel los miró desde la puerta.

—No necesitas preocuparte por los platos, Priss —dijo—. Yo los fregaré.

Priscilla se había olvidado de esta tarea. Contrita, se volvió hacia su hermana.

—¡Oh, lo siento, Rachel! Yo los fregaré. Joel y yo...

Rachel sonrió suavemente.

—No te preocupes. Quedaos los dos aquí.

Priscilla acabó por aceptar el ofrecimiento. Pero no

pensó en quedarse en el viejo salón, con su dura alfombra en el suelo y sus estampas en las paredes. Pertenecía a la nueva generación, la generación que había descubierto que la noche era hermosa y no perjudicaba a la salud.

—Vamos fuera —dijo a Joel—. Hay luna. Podemos sentarnos en el banco, bajo el manzano...

Salieron al exterior uno al lado del otro. Joel no era alto, aunque sí unas pulgadas más que Priscilla. Ésta era una criatura pequeña, delicada y suavemente proporcionada, de finas líneas que contrastaban con las toscas de toda su familia. Su cabello era más oscuro que el de Joel, de un castaño tan oscuro que resultaba casi negro. Pero sus ojos tenían un color vívidamente azul, sus labios eran vívidamente rojos y sus mejillas brillantes... Enroscó su brazo en torno al grueso brazo de Joel mientras atravesaban el patio, y cuando llegaron al asiento, colocó atrevidamente el brazo de Joel sobre sus propios hombros.

—Tengo frío —dijo riendo—. Tú me mantendrás caliente...

La luna se deslizó a través de las hojas y se posó sobre el rostro de la joven. Había luz de luna en sus mejillas y en sus labios. Pero su espeso cabello y sus ojos aparecían sombreados y misteriosos. Joel vio que sus labios sonreían... Luego, Priscilla hizo que la cabeza de Joel bajara hasta la de ella... Joel era de carne y sangre, y ella suspiró, emitió sonidos entrecortados y le alejó de ella. Luego se arregló el cabello y se echó a reír.

—Te quiero por ser tan fuerte —murmuró feliz.

Joel no había contado en el curso de la cena lo de su ascenso. Se lo dijo a Priscilla ahora, y la muchacha no pudo permanecer sentada a su lado en el banco. Se puso a bailar en el sendero que se extendía delante del banco. Luego se sentó en la rodilla de él, cogió sus grandes hombros con sus pequeñas manos e intentó sacudirle hacia atrás y hacia delante impulsada por su entusiasmo.

—Tú no pareces excitado —dijo en tono de censura—. No actúas como si estuvieras contento. ¿No estás contento, Joel? ¿No te sientes orgulloso?

—Sí —contestó Joel—. Naturalmente. Sí. Estoy contento y me siento orgulloso.

—¡Oh! —exclamó la joven—. Yo podría... yo podría incluso abrazarte...

Lo intentó, apretando sus brazos alrededor del cuello de Joel y estrechándose contra él. El joven se mostró torpe y envarado bajo sus caricias, rebosante de una felicidad que no sabía cómo expresar. Se sentía inquieto, medio turbado. El éxtasis de la joven continuó...

Pero, de súbito, se esfumó. La joven se tornó práctica, y todavía sobre la rodilla de él, comenzó a hacer preguntas. ¿Cuándo se haría a la mar? Ella había oído decir que el *Nathan Ross* estaba casi listo para zarpar. ¿Cuándo sería rico para que ambos se pudieran casar? ¿Tardaría mucho?

Joel recuperó el uso de la palabra.

—Nos casaremos el lunes —repuso lentamente—. Y nos iremos juntos en el *Nathan Ross*. No quiero marcharme solo.

Priscilla se deslizó de la rodilla de Joel y quedó en pie ante él.

—¿Cómo, Joel? Estás... estás loco si piensas eso.

El joven sacudió la cabeza.

—No —contestó—. No. Lo he pensado bien. Es lo mejor que podemos hacer. Nos casaremos el lunes y mandaré hacer un camarote más grande en el *Nathan Ross*... —Su voz siempre se hacía más lenta cuando pronunciaba el nombre de su primer barco—. Serás feliz —continuó—. Te gustará todo. El mar...

La joven volvió a sentarse sobre la rodilla de Joel y le acarició el cabello.

—¡Eres tonto! Los hombres no comprendéis. No estoy preparada para un viaje tan largo, y no me atrevo a irme contigo para tanto tiempo. No puedo... —Sus ojos se empañaron por efecto de sus pensamientos, y a continuación dijo muy seria—: Escucha, Joel. Podemos descubrir que no estamos tan hechos el uno para el otro como suponemos. Pero nos hallaremos en el barco y no podremos alejarnos de él... durante tres años. ¿No lo comprendes?

Joel repuso con voz sosegada:

—Eso no es así, pues nos conocemos y estamos hechos el uno para el otro. Sé lo que te ocurre. Piensas en los vestidos. Bien. Podrás encontrarlos en los almacenes, y tienes muchos ya. Llevas un vestido nuevo cada vez que te veo.

La joven rió alegremente.

—Pero, Joel, tú me ves una vez cada tres años. Claro que entonces tengo nuevos vestidos. Pero yo no puedo...

Priscilla rió de nuevo, una ligera inquietud en su risa. Luego abandonó la rodilla de su novio y se sentó sobriamente junto a él. Se sentía un poco oprimida, sofocada... como si hubiese sido arrojada contra una pared. Joel dijo con acento firme:

—Mr. Whorten estará contento de saber que tú vas conmigo, y todos los demás también se sentirán contentos...

Priscilla estalló de pronto en lágrimas y le dijo a Joel que era desgraciada. Él la estaba haciendo desgraciada. A ella no le gustaba ser atemorizada, y él la estaba atemorizando. Ella le odiaba ahora, y no se casaría con él. Jamás. Se podía ir con su viejo barco y no regresar jamás. Esto era todo. Ella no iría, y él no debía pedírselo. Para probar cuanto le odiaba, se apoyó contra su costado, y Joel la abrazó.

Joel no poseía la experiencia de un hombre prudente. Sin embargo, dijo:

—Las otras muchachas te envidiarían. Casarse tan rápidamente y partir de viaje al día siguiente...

Los sollozos de la joven cesaron milagrosamente y Joel sonrió sobre la oscura cabeza apoyada en su pecho.

—Todos te ofrecerán presentes... Todo el pueblo... Y bajarán a ver cómo nos marchamos.

Dejó de hablar a fin de que sus palabras produjesen el efecto buscado. Priscilla permaneció callada contra su costado durante largo tiempo, respirando suavemente. Joel pensó que podía leer los pensamientos de la joven...

—Será como un cuento —continuó Joel—. Como una novela.

La palabra sonó de un modo extraño en sus tranquilos labios.

Pero al oírla, la muchacha se alzó rápidamente y con las dos manos cogió el brazo de Joel, y éste pudo ver que sus ojos bailaban a la luz de la luna.

—¡Oh, Joel! —exclamó—. La cosa puede resultar realmente muy divertida, y terriblemente romántica... ¡Maravillosa! —Se llevó una mano a su propia mejilla mientras pensaba—. Y yo podría...

Ella podría, según dijo, hacer esto y aquello...

Joel escuchaba y sonreía. Sabía que su novia se embarcaría con él.

IV

En los pocos días que quedaban antes de que el *Nathan Ross* se hiciera a la mar, no había tiempo de preparar su camarote para acomodar en él a Priscilla. Así que dejó esto para las primeras semanas de viaje. Sin tal cosa ya hubo problemas bastantes con que ocupar aquellos últimos días. La pequeña Priss parecía una hoja impulsada por el viento. Iba de un lado para otro rebosante de una agradable y encantadora confusión, y por cualquier motivo su risa se alzaba en el aire como un sonido de campanillas. El domingo por la noche dijo a Joel:

—¡Oh, Joel! Es una prisa terrible. Pero tan divertida... Nunca he sido tan feliz en mi vida.

Joel sonrió y dijo en voz baja:

—Sí, y vendrán tiempos aún más felices.

Priscilla le miró vivamente.

—Serás bueno conmigo, ¿no es verdad, Joel?

Éste le dio un golpecito en la espalda.

Se casaron en la grande, vieja y blanca iglesia, donde fueron ocupados todos los bancos. Después se dirigieron a los muelles, donde Asa Worthen había hecho colocar largas mesas que crujían de cargadas que estaban. Al lado estaba amarrado el *Nathan Ross* con sus cubiertas atestadas de cosas en la última confusión de los preparativos. Joel mostró a Priscilla el montón de madera, destinada a las modificaciones que se iban a introducir en la cámara, colocado a lo largo de la borda bajo el pañol de los aparejos, y la joven le apretó el brazo fuertemente con ambas manos. Después, Joel llevó a Priscilla a lo alto de la colina, donde se alzaba la gran

Casa de los Shore. Rachel había preparado su cena de bodas...

A las diez menos cuarto de la siguiente mañana el *Nathan Ross* zarpó con la marea. Cuando el barco se apartó del muelle y estaba ya en el canal, Joel dejó el barco a cargo de Jim Finch y él y Priscilla se quedaron en la toldilla y contemplaron la multitud que se encontraba en el muelle, hasta que las figuras individuales se transformaron en una negra masa salpicada de colores allí donde se encontraban las mujeres. Vieron cómo eran agitados los pañuelos hasta que el recodo del canal los colocó fuera de la vista del pueblo, saliendo a la ancha boca de la bahía, rumbo al mar abierto. Al oscurecer había todavía tierra a la vista a cada lado del barco. Pero cuando Priscilla subió a cubierta a la mañana siguiente, no vio otra cosa que agua azul y rientes olas. Así que sintió nostalgia de su hogar durante todo aquel día y no rió hasta el anochecer, cuando la luna bañó el barco con fuego de plata y las cabrillas comenzaron a bailar en torno al barco.

El *Nathan Ross* no era en ningún sentido un barco bonito. No existía en él nada de la poesía de los mares. Estaba ideado estrictamente para ser útil, para un trabajo duro y sucio. Era romo de proa y de popa, y su punto más ancho se encontraba precisamente en ángulo recto con el trinquete, así que poseía grandes costados para luchar contra las olas. Aquellos costados se inclinaban hacia dentro en la proa y se encontraban en lo que era prácticamente un ángulo recto, y la popa quedaba cortada casi en línea recta, con sólo espacio suficiente para que cupiese el timón. Además, sus mástiles no tenían inclinación. Se alzaban tiesos y rectos como gruesos dedos lastimados, y el bauprés, en lugar de ser algo casi horizontal, se alzaba hacia los cielos formando un ángulo que se aproximaba a los cuarenta y cinco grados. Este bauprés hacía que el *Nathan Ross* pareciera como si su dedo gordo hubiera tropezado con algo. Llevaba cuatro botes en los pescantes y dos botes más de repuesto vueltos boca abajo en el pañol, delante del palo de mesana. Tres de los botes que estaban en los pescantes se hallaban en el lado de estribor, y como cada uno de ellos tenía treinta pies de largo, mientras que el barco mismo apenas llegaba a los ciento veinte, esto le daba una apariencia de amontonado y sobrecargado. Por lo demás, el barco estaba pintado de negro, con pintura blanca a lo largo de la borda, y sus velas aparecían manchadas por el humo surgido de las burbujas de grasa.

Sin embargo, era un barco cómodo y seco. Podía hacer frente a olas que hubieran cubierto a barcos de líneas más orgullosas, y resultaba moderadamente firme. No era rápido ni tenía por qué serlo. Se contentaba con unos apacibles cinco o seis nudos. Todo el océano era su campo de pesca, y aunque había zonas más favorecidas, se podían encontrar ballenas en cualquier parte. Que se le concediera tiempo y el barco podía meter su roma nariz por todo el mundo y regresar con un beneficio neto de unos ciento cincuenta mil dólares en sus grasientos barriles.

Priscilla Holt sabía todo esto y respetaba al *Nathan Ross*. Pero durante las primeras semanas del viaje se interesó demasiado por el trabajo que se estaba realizando en la cámara para preocuparse de otras cuestiones. El viejo Aaron Burnham, el carpintero de ribera, era el que realizaba el trabajo. Se trataba de un hombrecito delgado, gris e insignificante. Amaba las herramientas propias de su oficio con un amor que prohibía que las tocaran manos impías. Durante los largos y tranquilos días, cuando el barco roncaba como un vagabundo a través de los desiertos mares, Priscilla se sentaba sobre una caja, en un banco o en el suelo, y observaba el trabajo de Aaron, haciéndole preguntas y escuchando las largas historias del viejo sobre cosas sucedidas en otro tiempo.

A veces, la joven intentaba ayudarle. Pero él no le dejaba tocar ninguna de sus herramientas.

—Usted no está acostumbrada —decía—. Déjela.

De cuando en cuando le permitía clavar un clavo. Pero en cuanto ella fallaba en darle en la cabeza, Aaron perdía la paciencia.

—Tenga en cuenta —decía— que los hombres verán la cicatriz dejada en la madera y pensarán que he hecho la tarea con los pies, señora.

Priscilla se echaba a reír entonces, se sentaba con los pies escondidos debajo de sus faldas y la barbilla en sus manos, y observaba al carpintero durante horas.

La tarea se prolongó, pareciéndole a la joven inacabable. Aaron tenía otros trabajos más perentorios y dedicaba a esto sólo el tiempo libre. Además, era un trabajador lento, acostumbrado a tomarse su tiempo, cuando Priscilla se sentía impaciente y le reñía, el viejo se sentaba sobre sus talones, se rascaba la cabeza y daba golpecitos pensativamente con el martillo en el suelo, delante de él.

—Bien, señora —exclamaba—, yo suelo hacer las cosas así. Hago las cosas así. Y esto lleva tiempo, lleva tiempo, señora.

De cuando en cuando, durante aquellos días, Priscilla, entusiasmada, subía rápidamente la escalera para hacer que Joel bajara a ver alguna nueva maravilla: una ventana abierta en la popa, un banco terminado o una puerta pendular. Y Joel, mirando más a Priscilla que al objeto que ella deseaba que admirase, sonreía, le daba golpecitos en el hombro con afecto y volvía a su puesto.

Durante la sexta semana de viaje, el último clavo había sido clavado y el último brochazo de pintura estaba seco. Como resultado de ello, Priscilla se sentía tan feliz como una novia tenía derecho a sentirse.

En la misma popa del barco, con ventanas que daban al mar, corría lo que podía llamarse un salón. Tenía quizá veinte pies de ancho por ocho de profundidad y su pared posterior, formada por la popa, se curvaba hacia arriba en el techo. Contra esta curva, bajo las tres ventanas, había sido construido un banco ancho y tapizado, que podía servir tanto de cama como de asiento. El banco quedaba roto en un lugar para dejar espacio al escritorio de Joel y al armario donde él guardaba sus informes y sus instrumentos. Priss había colocado cortinas en las ventanas y tenía un lirio en una maceta en una de ellas, y un ramo de pensamientos en otra. El camarote de Joel se abría a este departamento, en el lado de estribor, y el de ella quedaba enfrente. La cámara principal, con su mesa provista de faldones construida alrededor del grueso tronco del mástil de mesana, había sido prolongada para dejar sitio al nuevo departamento, y los oficiales fueron alojados en torno a esta cámara mayor. La cocina y el almacén estaban en la cubierta principal, en el castillo de popa, una cosa a cada lado de la «torpe rueda de andar» con que era movido el barco, y la escalera de la cámara desembocaba delante de esta rueda.

A bordo del *Nathan Ross* navegaban unos treinta hombres. Pero la mayor parte de ellos no formaban parte del mundo de Priscilla. Los marineros del trinquete nunca iban a popa ni a las calderas, salvo cuando les asignaban una tarea especial allí. Y los oficiales secundarios, timoneles y análogos, dormían en el entrepuente y permanecían junto al pañol. Así que la cubierta de popa era compartida sólo por Priscilla y Joel, los oficiales, el cocinero y el viejo Aaron, que disfrutaba de muchos privilegios.

En este mundo reinaba Priscilla. Joel la adoraba. Jim Finch le ofrecía el torpe homenaje de un perro, y a veces se mostraba tan molesto en sus amabilidades como un perro. El viejo Aaron hablaba con ella de continuo mientras trabajaba, y los otros oficiales —Varde, el sombrío; Hooper, que era viejo y perdía su fuerza; y Dick Morrell, que era joven y la estaba encontrando— la trataban con el respeto que merecía. El joven Morrell, que era más joven que ella, le ayudó en su primera subida a lo alto del palo mayor. Se trataba tan sólo de un muchacho... La joven, cuando hubieron pasado sus primeras nostalgias del hogar, empezó a sentirse feliz.

Fue feliz hasta el día en que mataron una ballena, un cachalote de setenta barriles, que murió tan apaciblemente como un pollo, con sólo uno o dos estremecimientos convulsivos cuando las lanzas encontraron su punto vital más importante. Priscilla lanzó sólo una mirada al sangriento y oleoso trabajo de cortar el esqueleto y luego se fue a su camarote, donde permaneció recluida hasta que concluyó la larga tarea. El humo de las hirvientes calderas y el persistente olor de las pegajosas burbujas la ponían enferma, y el tizne que cayó sobre todo ofendió a su delicada alma. Hasta que los hombres no hubieron baldeado el barco no subió de nuevo a cubierta, y aun entonces riñó a Joel como si aquello fuera una cuestión de la que él tenía la culpa.

—No hay ninguna necesidad de producir tanta suciedad —dijo a su marido—. He tenido que lavar todas mis cortinas. Pero no me he podido librar de ese olor.

Joel sonrió.

—Sí, el olor se pega al olfato —asintió—. Pero te habituarás pronto a él, Priss. Y creo que te acabará gustando. De todos modos, no nos libraremos de él mientras dure el viaje.

La joven estaba tan irritada que sintió deseos de llorar.

—¿Quieres decir, Joel Shore, que tendré que vivir con ese asqueroso y ardiente olor durante tres años?

Joel asintió lentamente.

—Sí, Priss. No hay manera de librarse de él. Es parte del trabajo. Que pase otro mes, y ya no te darás cuenta de nada.

La joven contestó con viveza:

—No puedo decir nada, pero siempre odiaré ese olor.

Joel entornó los ojos lentamente y ella dio una patada en el suelo.

—Si hubiese sabido cómo era esto, no habría venido, Joel. No te rías de mí. Si hubiera algún modo de regresar, lo haría. Lo odio. Odio todo. No debiste traerme.

Se encontraban en el amplio sofá de la popa, en su cabina, y Joel la abrazó con su gruesos brazos y se rió de ella hasta que Priscilla no pudo menos de acompañarle en la risa. Pero según aseguró, seguía igual de enfadada. Sin embargo, reía...

Joel había llevado el *Nathan Ross* rumbo al Sur, no tocando ni en las Azores ni en Cabo Verde. Alimentaba el propósito, como había dicho a Asa Whorten, de navegar directamente hacia las islas Gilbert y buscar allí algún rastro de su hermano. Éste era su plan desde que abandonó el puerto, pero el plan se había transformado en determinación después de haber hablado un día con Aaron Burnham. Joel, descansando en la cámara mientras el viejo carpintero trabajaba allí, pensó en su hermano y se le ocurrió preguntar:

—Aaron, ¿qué piensa usted acerca de mi hermano, de Mark Shore? ¿Ha muerto?

Aquel día, Aaron trabajaba en la partición exterior de la nueva cabina, eligiendo sus maderas meticulosamente y clavando cada clavo con martillazos que parecían suaves y dados sin esfuerzo, pero que, sin embargo, hundían el clavo hasta la cabeza en un instante. Entre martillazo y martillazo, miró a Joel por encima de su hombro.

—¿Muerto dice usted? —preguntó en tono zumbón.

Joel asintió.

—¿Los isleños? ¿Cree usted que lo hicieron ellos?

El viejo Aaron sonrió asmáticamente. Se le había caído un diente delantero, y el efecto de su risa no resultaba tranquilizador.

—Los isleños tienen un brebaje —dijo—. Lo más probable es que fuera el brebaje de los isleños y no los isleños.

Por un momento, Joel permaneció inmóvil, reflexionando. Sabía que Mark Shore no había tenido jamás escrúpulos en tomar bebidas fuertes cuando las tenía a mano... Pero Mark había sido siempre un hombre resistente para la bebida, a la que dominaba. Por lo tanto, después de pensar un rato, Joel dijo:

—¿Por qué cree usted eso, Aaron? La bebida no le había hecho nunca daño a Mark.

Aaron le miró.

—¿Ha probado usted la bebida de esa isla? Está hecha de piña, de sagú o de alguna cosa por el estilo, según he oído decir. Beber un sorbo es diabólico, dos es ya la locura y tres la corrupción. Algunos estómagos se habitúan a ella y pueden resistirla. Pero un bisoño...

Hizo una pausa significativa y dejó la frase sin terminar. Joel pensó sobre el caso. Había habido siempre entre él y Mark algo de esa dormida enemistad que a menudo se alza entre hermanos. Mark era un hombre vivo de lengua, relampagueante, lleno de risas y de sangre caliente, un hombre colorista como una pincelada de pigmento sobre el lienzo blanco. Joel era en todo su antítesis. Tranquilo, lento de pensamiento y de palabra prudente. Mark estaba acostumbrado a burlarse de él y a gastarle chirigotas, y Joel, a la lenta manera de los hombres lentos, le guardaba rencor por ello. Sin embargo, dejó ahora a un lado los prejuicios atendiendo a la situación y preguntó al viejo Aaron:

—¿Sabe usted si allí había isleños? ¿O esa bebida fuerte de que habla?

Aaron colocó en su sitio un clavo y con su martillo lo hundió en la blanda madera.

—Había una tripulación borracha que gritaba y chillaba a una milla de la orilla —contestó—. Algunos de ellos vinieron con fruta. Los que se hallaban sobrios. Con ellos se fue Mark Shore.

—¿Se fue con ellos? —preguntó Joel como un eco.

Aaron asintió con la cabeza.

—Sí, eso hizo.

Reinó un largo silencio antes de que Joel preguntase con voz ronca:

—Pero... ¿es que se fue con ellos libremente?

Porque era una cosa negra y vergonzosa que un capitán abandonase su barco. Después de formular la pregunta, Joel esperó con algo como miedo la respuesta del carpintero.

—Me parece a mí —contestó finalmente Aaron— que usted no conocía bien a su hermano, que le había visto usted sólo en tierra... Dudo de que conozca usted todas las circunstancias de su abandono del barco.

—Sé que fue a tierra —dijo Joel—. Fue a tierra, dejó a sus hombres y desapareció. También sé que luego le buscaron durante tres semanas sin resultado.

Aaron se sentó de nuevo sobre sus tobillos y frotó pensativamente con la cabeza de su martillo su seca y vieja mejilla.

—Yo no soy de esos que cuentan chismes —dijo— y no he dicho nada en el pueblo. Pero... usted tiene cierto derecho a saber que Mark Shore no estaba sereno cuando abandonó el barco. Según creo, no lo había estado completamente durante una semana, y se marchó llevando una botella en el bolsillo de su chaqueta. —Asintió con su grisácea cabeza sin mirar a Joel, sino al martillo que tenía en la mano—. Además, había en la laguna una goleta perlera, con hombres blancos borrachos a bordo.

El carpintero lanzó una mirada de soslayo a Joel y observó que los pómulos de éste se tornaban blancos poco a poco. A continuación, el viejo Aaron se dedicó cuidadosamente a su tarea un tanto temeroso de lo que había dicho.

Pero cuando Joel habló fue sólo para decir con tranquilo acento:

—Asa debió decirme todo eso.

Aaron sacudió la cabeza con vehemencia, aunque sin apartar los ojos de su tarea.

—No lo creo yo así —repuso—. No había necesidad de que el pueblo hablase mal de Mark. Lo mejor... —y miró a Joel—, lo mejor era que le creyesen muerto. Asa es un buen hombre, ¿sabe usted? Y... conoció al padre de ustedes.

Joel hizo signos de asentimiento.

—Asa tenía buenas intenciones, no tengo la menor duda —afirmó—. Pero... Mark no habría hecho nada de lo que tuviera que avergonzarse.

—Mark Shore —dijo Aaron pensativamente— hizo muchas cosas sin sentir la menor vergüenza, cosas que a otros hombres habrían avergonzado por completo.

Joel se limitó a responder:

—Aaron, no dirá usted más cosas como ésa.

—Tiene usted razón —contestó Aaron—. No debería haberlas dicho. Pero... así fue.

Joel le dejó y subió a cubierta. Pero sus ojos estaban turbados... Priss estaba allí, acompañada de Dick Morrell, que le enseñaba el manejo del timón. Ambos reían como niños. Joel sentíase inmensamente mayor que Priss... Sin embargo, la diferencia de edad era escasamente de seis años... Ella le vio, abandonó a Morrell y fue corriendo hacia él.

—¿Has dormido? —preguntó—. Necesitas descanso, Joel.

—Ya descansaré —repuso él, sonriendo débilmente—. Estoy bien...

V

Dejaron atrás Pernambuco y tocaron en Trinidad, y luego siguieron hacia el sur y un poco hacia el oeste, para alcanzar el Cabo de Hornos, y en Joel creció cada vez con mayor intensidad la resolución de buscar a Mark, encontrarle y llevarle a casa... La fuerza de la sangre era fuerte en Joel, más fuerte que cualquier recuerdo de las burlas de Mark y... por el honor de la Casa de Shore tenía que enterarse bien de lo sucedido, aunque Mark estuviera muerto. No era admisible que un Shore abandonase su barco en mares extraños.

Dos semanas después de su conversación preguntó a Aaron si se había interrogado a los hombres blancos de la goleta de perlas.

—¡Oh, sí! —contestó Aaron alegremente—. Yo mismo lo hice. A tres de ellos que tenían muy mala catadura, un hombrecito pequeño, un hombre alto con ojos de rata y un hombre gordo que estaba entre los otros. Estaban sin afeitar, sucios y bebidos como cubas. Todos afirmaron que no habían visto a Mark Shore. Creo que él no se reunía con ellos. No le gustaba la suciedad.

Joel no dijo a Priss nada de lo que esperaba y temía. Tampoco hizo ninguna pregunta a Jim Finch sobre la cuestión. Finch era un hombre útil para asuntos sencillos, pero resultaba demasiado amable y no sabía mantener la boca cerrada... Joel no quería que la cosa corriera entre sus hombres. Se alegraba de que la mayoría de la tripulación no perteneciese a la del último viaje. Pero los oficiales eran los mismos, salvo que él había ocupado el puesto de su hermano.

Dejaron tras ellos Trinidad y siguieron hacia el sur,

la proa roma del *Nathan Ross* hendiendo los mares, y llegaron a los Estrechos. Siguieron avanzando día tras día hacia el oeste, mientras la pequeña Priss, con los ojos muy abiertos, y en cubierta, observaba los descarnados acantilados cuyo pie casi tocaban, y al fin el Pacífico se abrió ante ellos. El viento les fue favorable y avanzaron hacia la isla de Pascua.

Pero su avance era lento. Para hombres no habituados a la paciencia del negocio de la pesca de la ballena, hubiera resultado insoportablemente lento. Porque encontraban pesca, y día tras día permanecían ociosos sobre las olas mientras hervían el aceite en las calderas, y día tras día pasaban por excelentes zonas de ballenas en donde los botes tenían que ser arriados tres y cuatro veces entre la salida del sol y su puesta. Si Joel sentía impaciencia, no daba ningún signo de ello. Si sus deseos eran navegar más de prisa, su deber le mantenía allí, donde estaban recogiendo un rico botín. Y mientras hubiera cetáceos que pescar, él no los dejaría atrás.

Priscilla obiaba aquello. Odiaba el tizne y el humo, así como el olor del hirviente aceite; y la joven odiaba tan prolongada estancia en el mar sin jamás poder echar un vistazo a tierra. Más de una vez culpó a Joel de su propia inquietud, y como no es siempre bueno que dos personas permanezcan mucho tiempo juntas, y como tampoco tenía otra cosa que hacer, comenzó a acusar a Joel en su pensamiento, poniendo a prueba la paciencia de éste y su estolidez. A ella le hubiera gustado que él se hubiese enfadado con ella. Deseaba verle exasperado... Deseaba algo que la distrajera de los largos días de terrible calma, y observaba a Joel con mayor intensidad de lo que es bueno para una esposa observar a un marido, o para un marido observar a una esposa.

Joel llevaba a cabo tantas cosas que la impacientaban a ella... Cuando acababa de comer, tenía una cierta manera de colocar sus manos sobre la mesa y de echarse hacia atrás, separándose de la mesa con lenta y sólida satisfacción. La joven llegaba al extremo de sentir tentaciones de gritar cuando ocurría esto. Si se hallaban en la mesa de la cámara, ella le observaba con tal agonía y temblorosos nervios, esperando aquel movimiento de su marido, que casi se olvidaba de comer y no saboreaba lo que comía.

Joel era un hombre y su vida se deslizaba suavemente. Los barriles de su barco se iban llenando con más rapidez de la que esperaba. Su esposa estaba a su lado, los cielos se mostraban transparentes, él era feliz y se sentía satisfecho y contento. A veces, cuando se preparaban para dormir durante la noche en el camarote de popa, se acurrucaba en el sofá que había allí. Pero Priscilla no quería que pusiera los pies sobre los cojines. Decía que tenía las botas sucias. Él entonces se ofrecía a quitarse los calcetines y ella se estremecía... Tenía costumbre de estirarse y bostezar confortablemente cuando daba las buenas noches a su esposa, y a veces el bostezo le venía en medio de una palabra, que acababa sin dejar de bostezar. Priscilla odiaba eso. Hubiera soportado, en otras condiciones, las incomodidades del viaje, hubiera sufrido ese purgatorio que supone pasar de muchacha a mujer en el curso del cual la gente recién casada se encuentran uno al otro sólo humanos. Pero ella no había llegado aún a aceptar eso ni encontraba en ello satisfacción. Había pensado siempre en Joel como en un héroe, en un protector, en un hombre fino, capaz y caballeroso. Ahora la muchacha olvidó que era el jefe del barco y amo de los hombres que iban a bordo, sólo veía en él a un hombre que cuando concluía su tarea, se ponía a descansar cómodamente y hablaba entre bostezo y bostezo.

Priscilla roía este hueso de descontento durante las horas en que Joel permanecía atareado con su trabajo. La joven se sentía furiosamente resentida porque Joel fuera sólo carne y sangre, y Joel, como estaba demasiado ocupado para sentirse introspectivo, continuaba tranquilamente feliz y satisfecho.

Las ballenas les llevaron durante un tiempo más allá de la isla de Pascua, hasta que de pronto desaparecieron. Llegaron días en que los hombres encaramados en el mástil no descubrían ninguna niebla por encima del amplio azul del mar, ningún brillante cuerpo negro entre las olas. Y el *Nathan Ross,* con todos sus marineros baldeando de nuevo las cubiertas para tornarlas blancas, hizo rumbo al norte, navegando por entre la multitud de pequeñas islas que matizan los amplios mares del Sur.

El agua de a bordo se estaba tornando rancia y había bajado mucho de nivel. Además, necesitaban comida fresca. Joel decidió tocar en la primera tierra que encontraran. Sería en la isla Tubuai, y señaló su avance en el mapa.

En la noche anterior al día en que arribaran a la isla, cuando Joel y Priss estaban disponiéndose para dormir, Priss estalló furiosamente como una tetera que comienza a hervir. La tempestad se inició sin previo aviso, y según Joel pudo observar, sin la menor provocación. Ella dijo que estaba cansada de los interminables azules. Quería ver tierra y andar sobre ella. Si no lo hacía pronto, moriría.

Al principio, Joel tuvo intención de decirle que verían tierra a la mañana siguiente. Luego, poseído por uno de esos impulsos de los que los maridos son víctimas en tales momentos, resolvió esperar y sorprenderla, así que en lugar de decírselo, sonrió como ante un chiste disimulado e intentó aquietarla dándole golpecitos sobre la oscura cabeza.

Priscilla permaneció silenciosa ante estas caricias, y Joel pensó que se había tranquilizado. En realidad, Priscilla le odiaba por haberse reído de ella, y su calma no era más que ferocidad. Joel descubrió esto demasiado tarde...

Joel fue a besarla al darle las buenas noches. Pero Priss volvió la cara ante sus labios y él se sintió ligeramente ofendido. Sin embargo, se limitó a decir alegremente:

—Vamos, Priss. Estarás bien por la mañana.

Bostezó en medio de la frase, así que las últimas dos o tres palabras sonaron como si estuviera tragando, mientras las pronunciaba, una patata demasiado grande y caliente. Priss no pudo resistir más. Así exactamente. Se levantó y abofeteó a su marido.

Joel quedó sorprendido. Permaneció inmóvil mirándola desamparado, mientras la mejilla que había recibido el bofetón se tornaba más roja cada vez. Priss entonces estalló en lágrimas, dio patadas en el suelo, le llamó cosas que no deseaba llamarle, y como final se metió en su camarote, cerró la puerta y echó el pestillo.

Joel no comprendió nada, y acabó por irse a la cama profundamente turbado.

Una hora después de haber anclado al siguiente día en la isla de Tubuai, un bote zarpó de la costa y se colocó al costado del barco, y Mark Shore saltó por encima de la borda del *Nathan Ross.*

VI

Joel estaba abajo, en la cámara, en compañía de Priss, cuando su hermano subió a bordo. Varde y Dick Morrell habían ido a tierra en busca de agua y víveres, y Priss pensaba ir aquella tarde en compañía de Joel. La joven se estaba haciendo una escarapela de cinta para el sombrero que pensaba llevar, cuando ella y Joel oyeron un ruido de voces excitadas y un gran movimiento de pies en la cubierta, encima de sus cabezas. Joel dejó a su esposa encaracolada sobre el tapizado sofá, con la alegre cinta en sus manos, y, atravesando la cámara, trepó por la escalera. Había estado intentando, con bastante torpeza por cierto, hacer las paces con Priss, pero ella mostraba una gran dignidad aquella mañana...

Cuando la cabeza de Joel asomó por la escotilla de la cámara, vio un grupo de hombres cerca de la borda, entre los botes. Finch, Hoope, el viejo Aaron Burnham y dos de los arponeros rodeaban a otro hombre... Finch tapaba a ese otro hombre de la vista de Joel hasta que éste llegó a cubierta. Entonces vio que el otro hombre era su hermano.

Joel avanzó para reunirse con ellos, pero dio la casualidad de que ninguno de ellos miró en su dirección. Mark tenía la espalda medio vuelta. No obstante, Joel pudo ver que su hermano estaba delgado y bronceado por el sol. No llevaba sombrero, y su espeso y negro cabello se hallaba desarreglado y enmarañado. La camisa blanca que llevaba estaba abierta por arriba y mostraba su moreno cuello. Sus brazos aparecían desnudos hasta el codo. Su pecho era como un barril. Había un esplendor de fuerza y vigor en todo su aspecto, en sus ojos, en su voz, en su risa. Parecía brillar como el sol...

Cuando Joel se aproximaba, oyó que Mark reía con voz gutural de algo que Finch acababa de decir y oyó también que Finch añadía con untuosa entonación:

—Esté seguro, capitán Shore, de que todos los hombres de a bordo se sienten contentos de que haya usted regresado. Le echábamos mucho de menos, capitán.

Mark rió de nuevo ante esto, dando un golpecito en la ancha espalda de Jim. La acción le hizo volverse y entonces vio a Joel por primera vez. Éste levantó una mano y exclamó:

—¡Hombre, Mark! Dijeron que habías muerto.

Los ojos de Mark Shore se estrecharon un instante, dirigiendo a su hermano una rápida mirada justipreciadora.

—¿Muerto? —exclamó sonriendo burlonamente—. ¿Tengo yo aspecto de muerto? —Miró a Joel con más atención, luego echó una mirada a los otros hombres y sonrió—. Por el Señor, muchacho. Creo que el viejo Asa te ha metido en mi puesto.

Joel asintió con la cabeza.

—Me dio el mando del *Nathan Ross*, sí.

Mark miró de soslayo al gordo Jim Finch y sonrió.

—Pasó sobre tu cabeza, ¿eh, Jim? ¡Una cosa muy mal hecha!

Finch sonrió.

—No quise el cargo, capitán. ¿Sabe usted? Estaba convencido de que usted volvería a su puesto.

Mark ladeó la cabeza y sonrió.

—Tú has sido siempre un hombre muy cauteloso, Finch. Nunca has saltado hasta estar seguro de que encontrarías tierra en que caer.

Luego se volvió hacia Joel.

—Y bien, muchacho. ¿Cómo se siente uno cuando se llevan pantalones largos?

Joel, disimulando su malestar, repuso lentamente:

—Nos ha ido bien. Ochocientos barriles a bordo.

Mark movió la cabeza con solemne reprobación.

—Joey, Joey, has estado desperdiciando tu tiempo. ¡Lo veo!

Por encima del hombro de su hermano, Joel vio el sonriente rostro del grueso Jim Finch, y sus ojos se endurecieron. Repuso sin alterarse:

—Si hablas en ese tono, Mark, puedes coger tu bote y regresar a tierra.

Una llama apareció en la mejilla de Mark, el cual dio un rápido y decidido paso hacia su hermano. Pero Joel no se amilanó, y después de unos instantes en que sus miradas se cruzaron como espadas, Mark se rindió, rió e hizo una reverencia.

—Estaba equivocado, lastimosamente equivocado, capitán Shore —dijo con voz sonora—. No presté el respeto debido a tu cargo, a tu alto cargo, señor. Y gracias por recordarme... la realidad, capitán. —Y añadió en tono diferente—: Y ahora, ¿no me invitas a pasar a la popa de tu barco?

Joel titubeó un instante, presa de un vago presentimiento que no podía explicarse, pero al final asintió con la cabeza como en respuesta a la no formulada pregunta de sus pensamientos.

—¿Quieres bajar a la cámara, Mark? —preguntó apaciblemente—. Tengo muchas cosas que preguntarte y tú tendrás mucho que contar.

Mark asintió.

—Iré —repuso; sus ojos se encendieron súbitamente y dejó caer una mano en el hombro de Joel—. Sí, Joel —dijo suavemente al oído de su hermano, mientras se encaminaban juntos hacia la popa—. Sí, tengo mucho que contar, muchas y maravillosas cosas, cosas que apenas creerías, Joel. —Joel le lanzó una rápida mirada y Mark movió la cabeza para afirmar—: Son verdaderas, Joel —exclamó exultante—. Maravillosas y verdaderas como el buen oro rojo.

Ante el tono y la ávida luz de los ojos de su hermano, los lentos latidos del corazón de Joel apresuraron su ritmo. En la parte superior de la escalerilla de la cámara, Joel se echó a un lado para que su hermano bajase primero, y Mark descendió por la empinada escalera con el paso fácil y sinuoso de un enorme gato. Joel, tras él, podía ver los músculos encogerse y dilatarse sobre sus hombros. En la cámara, Mark se detuvo de pronto, miró alrededor y exclamó:

—Has cambiado las cosas, Joel. No conozco el barco.

La puerta que daba al camarote de Priscilla, en la misma popa, se hallaba abierta. Priss había acabado el cosido de la cinta y estaba regando sus flores, arrodillada en el sofá, cuando oyó la voz de Mark y la reconoció. Lanzando un grito de sorpresa y alegría exclamó:

—¡Mark! ¡Oh, Mark!

La joven corrió a la puerta y se detuvo bajo el dintel, ante los ojos de Mark, contra la luz que había tras ella y con las manos apoyadas en las jambas de la puerta.

Mark gritó encantado:

—¡Priss Holt!

Llegó a su lado un instante después, cogiéndole sin la menor ceremonia y besándola francamente, como estaba acostumbrado a hacer cuando retornaba del mar. Pero hubiera tenido que ser ciego para no ver desde el primer momento que Priss ya no era una niña, sino una mujer, y Mark no era ciego. La besó hasta que ella se desasió riendo.

—¡Mark! —gritó la joven de nuevo—. ¡No estás muerto! Yo sabía que no lo estabas...

Joel, tras ellos, había sentido un asomo de ira al ver a Priscilla en los brazos de su hermano. Pero se avergonzó de ello al instante y permaneció inmóvil. Mark cogió a Priss por los hombros y la miró sonriendo.

—¿Y cómo sabías que yo no había muerto? —inquirió—. ¿Eres Lady Sabiduría?

La joven movió la cabeza llena de confusión.

—¡Oh, tú estabas siempre tan... tan lleno de vida, o algo así...! No podías estar...

Mark sonrió, la soltó, se apartó un poco de ella y se puso a observarla.

—Priss, Priss —dijo con acento contrito—. Ya no eres una niña. Vestido largo, cabello alto... —Movió la cabeza—. Ha sido un milagro que no me abofetearas. —Entonces dejó de contemplarla para mirar a Joel, hasta que de pronto echó hacia atrás su gran cabeza y estalló en risa—. ¡Por el Señor! —exclamó—. Los niños se han casado. Casado...

Priscilla enrojeció violentamente y dio una patada en el suelo.

—Claro que nos hemos casado —replicó—. ¿Crees que me iría a correr el mundo con...? —Sus palabras quedaron ahogadas por su propio rubor, y Mark rió de nuevo hasta que la joven gritó—: ¡Basta! No quiero que te rías de nosotros. Joel, hazle callar.

Mark se tranquilizó instantáneamente y huyó de Joel fingiendo pánico, ambas manos en alto y a la defensiva. Ellos se rieron de él, y cuando vio que reían, abandonó su fingimiento y se sentó sobre los almohadones, extendiendo sus piernas perezosamente ante él.

—Ahora —exclamó—, contadme todo. ¿Cuándo, por qué y cómo?

Priss cayó en el sofá junto a él con los pies recogidos debajo de ella, de la milagrosa manera como lo hacen las mujeres pequeñas, y la joven fue enumerando sus respuestas con las rosadas puntas de sus dedos.

—¿Cuándo? —repitió—. El día antes de que nos embarcáramos. ¿Por qué? Porque sí. ¿Cómo? Por lo mismo.

Movió la mano como si se deshiciera de la materia de una vez para siempre, le miró y se echó a reír. Joel pensó que su mujer no había parecido tan profundamente feliz desde el día en que se concluyó el trabajo hecho en la cámara.

—He aquí todo lo que se puede decir de nosotros —continuó Priscilla—. Ahora háblanos de ti.

Mark entornó sus ojos.

—¿De qué serviría hacerlo ahora? Eso vendrá más tarde. Además, algunos capítulos no son para ser escuchados por tus gentiles oídos. —Señaló hacia Joel—. Así que quieres al muchacho, a este muchacho, ¿eh?

Priss asintió con un movimiento de cabeza, los labios apretados y los ojos brillantes.

—¿Por qué? —preguntó Mark—. ¿Qué es lo que descubriste en él?

La joven miró a Joel y ambos se echaron a reír como si se tratase de algún delicioso secreto compartido entre ambos. Mark movió la cabeza con expresión de pena.

—Y supongo que estará loco por ti —añadió.

La joven asintió más vigorosamente que nunca.

Mark se frotó las manos y miró a Joel con una chispa ligeramente maliciosa en sus ojos.

—Bien —exclamó—. Eso es ciertamente la mejor de las noticias… —Joel sorprendió en sus ojos un diablillo burlesco y maligno—. Yo no he tenido nunca una hermana menor —añadió Mark alegremente—, y esto constituía la gran pena de mi vida, Priss. Así que, Joel, debes esperar que Priss y yo seamos los mejores amigos.

Priscilla, sentada junto a él, asintió con su hermosa cabeza una vez más.

—Yo diría que sí —exclamó la joven.

VII

Mark Shore fue la primera figura de algo así como una recepción en el *Nathan Ross* durante todo aquel primer día. Estuvo entre los marineros para saludar a viejos amigos y conocer a otros nuevos, y luego volvió y habló a Joel sobre la calidad de su tripulación.

—Los has hecho buenos —dijo—. A los que antes no eran buenos.

Escuchó con leve y desdeñosa sonrisa algunas serviles frases de bienvenida y admiración pronunciadas por Jim Finch, y sostuvo con Varde, el arisco tercero de a bordo, una charla tan alegre que incluso Varde insinuó una sonrisa. El viejo Hooper se mostró patéticamente contento de verle. Hooper había sido oficial del barco en donde Mark navegó como grumete, y le gustaba hablar de aquellos días. El joven Dick Morrell, al regresar de sus viajes a tierra, dedicaba a Mark un franco culto.

Joel notó todo esto. No podía menos de notarlo, pero se dijo a sí mismo una y otra vez que era algo que debía esperarse. Mark había sido capitán de aquel barco, capitán de aquellos hombres en su último viaje. Le habían dado por muerto. Era, pues, natural que ahora le dispensaran un gran recibimiento al verle vivo de nuevo.

Pero aun cuando se hacía estas consideraciones, sabía que la cosa era injusta. En la actitud de los hombres había algo más que una mera bienvenida; había algo más que admiración. Era un respeto de una calidad muy semejante al culto y, con este respeto, aleteaba una viva curiosidad por lo que Mark haría... Sabían que era un hombre de carácter vivo, dominante, con voluntad de mando; y ahora se veía suplantado, dependiente de la palabra de su hermano menor... Todos sabían que Mark y Joel habían sido más bien enemigos que camaradas, así que ahora se preguntaban qué sucedería; esperaban y observaban con los ojos muy abiertos. Joel los vio cuchichear juntos en grupos de dos o tres por todo el barco, y comprendió que se preguntaban uno al otro qué sucedería.

De entre todos los que se encontraban aquel día en el *Nathan Ross,* Mark era el que menos parecía darse cuenta de las dramáticas posibilidades de la situación. Se sentía contento de encontrarse entre amigos, pero no iba más allá. Trataba a Joel con exagerado respeto, tan exagerado que resultaba peor que el desprecio o la burla. Por lo demás, parecía no percibir las posibilidades creadas por su regreso.

Priss tenía pensado ir a tierra por la tarde. Pero Mark la disuadió. Esto no costó mucho. Lo hizo tan sonriente y con tanta habilidad que Priss cambió de idea sin darse cuenta de lo que hacía. Mark cuidó de que no sufriera ningún desencanto. Estuvieron juntos la mayor parte de la larga y ardiente tarde. Joel los oía reír de cuando en cuando.

Joel esperaba ir a tierra con Priss. Pero cuando la joven llegó hasta él y le dijo: «Joe, Mark dice que en tierra hay suciedad, calor y fealdad, y no pienso ir», cambió de pensamiento. No había necesidad de que él hiciera el viaje. Varde y Morrell habían traído agua, remolcando largas hileras de toneles medio llenos detrás de sus botes, y botes procedentes de tierra habían llegado con comida fresca. Así que al anochecer se recogió el ancla y el *Nathan Ross* desplegó sus deslucidas velas y salió al mar abierto con toda la dignidad que poseía en todas sus líneas, y la noche tras ellos se tragó la isla. Mark y Priss se hallaban en la popa observando cómo la isla se hundía en la oscuridad y se perdía a lo lejos. Y Priss, cuando desapareció la última visión de la isla, oyó que el hombre lanzaba un amplio suspiro que pareció de alivio. La joven le miró entonces con abiertos y curiosos ojos.

—¿Qué te pasa? —preguntó en voz baja—. ¿Eras... desgraciado en ese lugar?

Mark rió en voz alta.

—Mi querida Priss —repuso en el tono de hermano mayor que afectaba con ella—, mi querida Priss, las islas del Sur no son lugar adecuado para un hombre blanco, especialmente si está solo. Me alegro de volver a oler el olor del aceite y tener bajo mis pies una honrada cubierta, y no me importa decirlo.

Priss arrugó la nariz y se estremeció.

—¡Huy, lo que odio yo ese olor! —exclamó—. Pero Mark... Cuéntame en dónde has estado y lo que has hecho... Todo. ¿Por qué no lo dices?

Mark movió la cabeza a la vez que la miraba con ojos severos.

—Los niños miran y callan —repuso.

Priscilla hirió el suelo con el pie.

—No soy una niña —replicó—. Soy una mujer.

Mark se inclinó hacia ella súbitamente, sus oscuros ojos tan cerca de los de ella que ésta pudo ver la llama que bailaba en ellos y la curva de su sonrisa.

—¡Me lo pregunto! —murmuró Mark—. ¡Oh, me pregunto si tú eres...!

La joven se sintió deliciosamente asustada.

Mark había persistido durante todo el día en su negativa a hablar de sí mismo. De cuando en cuando había dejado caer alguna frase que hacía brotar en la imaginación de la joven un cuadro extraño y salvaje... Pero acababa llevándose un dedo a los labios, dejaba de contar lo que había empezado, y se negaba a concluir su relato. Cuando Priss insistía, él se reía de ella y le decía que tan sólo había intentado mostrarse misterioso.

—El misterio es siempre interesante, ¿comprendes? —decía—, y yo deseo aparecer interesante ante ti, Priss.

La joven buscó a Joel en la cubierta de popa. Pero su marido estaba abajo, en la cámara, y Priss decidió de pronto que también debía bajar ella.

Habían comprado pollos en Tubuai, y tenían dos asados como cena aquella noche en la cámara. Era un festín después de los largos meses de sobria dieta, y la presencia de Mark daba mayor carácter al festín. Mark era un buen narrador y sin revelar nada de los meses de su desaparición, relató, sin embargo, historias que todos escucharon con interés. Pero después de la cena, Mark subió a cubierta con Finch, y Joel y Priss se sentaron en la cámara de popa durante un rato. Joel escribió en el cuaderno de bitácora la historia del regreso de su hermano. Priss leyó por encima de su hombro y después se sentó muy cerca de él.

—Es un hombre terriblemente irresistible, ¿no es cierto? —murmuró.

Joel sonrió y la miró pensativamente.

—Sí, Mark es un gran hombre —contestó—. Grande... en muchos sentidos. Pero... pronto te acostumbrarás a él, Priss.

Cuando la joven se preparó para irse a la cama, Joel le dio las buenas noches y la dejó, subiendo a cubierta. Priss, en la estrecha litera de su camarote, situado en un lado del barco, permanecía con los ojos abiertos y muchos pensamientos rondándole por su pequeña cabeza. Estaba todavía despierta cuando oyó que Joel y Mark bajaban juntos a la cabina grande. Las paredes eran delgadas y ella podía escuchar sus palabras, oyendo que Mark preguntaba:

—¿Es seguro que Priss está dormida? Hay ciertas cosas... que no son propias para los bonitos oídos de una novia, Joel.

Priss no estaba dormida. Pero cuando Joel fue a verla, cerró los ojos y permaneció tan quieta como pudo, sin apenas respirar. Joel se inclinó sobre ella suavemente, le tocó la cabeza con su torpe mano y le dio unos golpecitos, y salió de nuevo cerrando la puerta tras él. La joven oyó que su marido decía a Mark:

—Sí, está completamente dormida.

Los hermanos se sentaron junto al escritorio de Joel en la pequeña cabina nueva de popa, y Mark, sin el menor preámbulo, narró su historia. Priss, a diez pies de distancia, oyó todas las palabras, acurrucada bajo las mantas, con los ojos clavados en la oscuridad de su camarote, y mientras escuchaba se estremecía, se encogía y temblaba ante el terror, el asombro y la fealdad de la historia que Mark estaba contando. Ni siquiera Desdémona escuchó jamás conteniendo tanto el aliento...

VIII

—Me echas la culpa de haber abandonado mi barco —dijo Mark mientras él y Joel daban chupadas a sus pipas.

Joel contestó lentamente:

—No. Pero no lo comprendo.

Mark se echó a reír con una risa suave y gutural.

—Tú no lo comprendes, Joel. No puedes comprenderlo, porque tú nunca has tenido el poderoso impulso de querer bailar a la luz de la luna sobre la arena. Nunca has sentido eso, Joel... Yo sí.

—Yo no siento nunca deseos de bailar —repuso Joel.

Mark pareció olvidar que su hermano estaba sentado junto a él. Sus ojos se volvieron turbios y pensativos, como si estuviera reviviendo los días de que hablaba.

—Escucha, Joel —dijo—. Hay un pagano en cada hombre, y en alguno de nosotros existen dos paganos. Y a mí me parece, Joel, que en mí hay tres. Esto explica lo que me sucedió aquella noche.

—¿Fue de noche cuando abandonaste el barco?

—Sí, de noche. De noche y con luna. Y acaso hubiera bebido un trago o dos. Además, como verás, no me encontraba bien. Digo estas cosas no como excusa y paliativo, sino sólo para que tú puedas comprender. ¿No te das cuenta? Yo era tres paganos en un solo cuerpo. Y aquel cuerpo estaba embrujado por la luna, poseído por la bebida y tembloroso a consecuencia de la fiebre. Así que me dirigí a tierra, dejé a mis hombres y me fui danzando por la dura arena.

»Aquello era una noche, Joel. Una noche de lento aire, tibia y temblorosa, en la que flotaba una canción. El viento le rozaba a uno la garganta como si fueran dedos de mujer, y el mar cantaba a un lado y el viento entre las palmeras en el otro, y delante de mí estaba el loco y discordante canto de los isleños alrededor de sus hogueras... Aquel canto fue lo que me cogió por la garganta y me hizo avanzar. Di vueltas de un lado para otro con gran solemnidad, solo a la luz de la luna sobre la arena. Y cada vez avanzaba más y más hacia las hogueras.

»Recuerdo que cuando estuve a la vista de las hogueras, me quité la chaqueta y corrí entre los indígenas. Ellos se dispersaron, lanzando sus gritos roncos y sin significado. Se escondieron detrás de los arbustos para observarme a través de la hoguera... También se ocultaron tras la tupida hierba. Todos menos uno, Joel.

Joel, mientras escuchaba, observó a su hermano y vio por sus ojos, pues sentía en su sangre la brujería de aquellas tibias noches del Sur.

—La luna iluminaba a la isleña —continuó Mark—. La luna le daba de lleno, y había un brillo rojo en su cabello y algunas tiras de cosas que la cubrían. Era una muchacha pequeña y morena, con ojos como los de una cierva y... no sentía miedo de mí. Eso fue lo que más me impresionó, Joel. Estaba en mi camino, mirándome y observándome, y en sus ojos no se reflejaba el menor miedo...

»Era muy bajita. Una niña simplemente. Supongo que nosotros le habríamos echado dieciséis o diecisiete años. Pero es que las niñas isleñas maduran muy pronto, Joel. Sus pequeños hombros eran suaves y ligeros... Estaba tan llena de carne que no se le veían los huesos del cuello. Permanecía inmóvil observándome, hasta que los demás salieron por fin de detrás de la hierba y se nos acercaron, y entonces aquella muchachita morena alzó un brazo señalándome y se dirigió a los otros para decirles algo. Al pronto no supe lo que les dijo; pero ahora sí lo sé. Les dijo que yo estaba enfermo.

»Yo no sabía entonces que estaba enfermo. Pero cuando ella levantó su mano hacia mí, yo la tomé. Entonces inicié con la muchacha una loca danza a la luz de la luna, por entre las hogueras medio apagadas. Yo podía ver a los isleños en la sombra mientras nos contemplaban con sus pupilas brillando... Y después de un momento parecieron moverse de una manera neblinosa e inhumana, retorciéndose en extrañas formas semejantes a nubes; y yo me detuve para reírme de ellos, pero mi cabeza cayó antes de que pudiera evitarlo y golpeó contra la tierra, y la tierra me desamparó, Joel, y me dejó nadando en el vacío...

»Tardé mucho en recobrar la memoria, Joel. Ella parecía mirarme escondida entre los árboles como un niño tímido. Yo la percibía durante un instante y luego desaparecía. Pero sé que debieron de transcurrir muchos días allí, en la isla aquella. Y supe, después de un tiempo, que me encontraba muy enfermo; la muchachita morena me ponía hojas frescas en la cabeza y me daba extrañas bebidas; también frotaba y daba palmaditas en mi pecho y en mi cuerpo con sus pequeñas manos, de una manera que resultaba inmensamente fortificante y consoladora. Yo me retorcía sobre un lecho de tosca hierba... y recuerdo que a veces cantaba...

Miró a Joel con los ojos súbitamente inflamados.

—¡Ah, Joel! Te digo que en aquellos días no era tres paganos, sino seis. No te lo puedes imaginar, Joel. Pero era algo soberbio. Una cosa grandiosa, Joel, inmensa. Me hallaba en los principios del mundo, con comida, bebida y una mujer... Era soberbio, te lo digo yo. ¡Soberbio!

Sus ojos se ensombrecieron y quedó silencioso, hasta que al cabo continuó:

—Yo estaba dormido una noche, bajo un sueño intranquilo, cuando algo me despertó. Entonces avancé una mano hacia donde la muchachita morena acostumbraba a echarse, mas ella había desaparecido. Así que me levanté tambaleándome. Se oían disparos de rifles en la noche, y también se oían gritos; escuché un negro juramento de hombre blanco y el ruido del golpe de un cuerpo contra otro cuerpo, seguido de gritos.

»De modo que me dirigí hacia aquel lugar. Pero los gritos se iban alejando delante de mí, hasta que al fin salí andando con paso incierto a la abierta playa. Aquella noche no había luna y el agua de la laguna estaba encendida de fuego, y allí había un bote que se iba alejando de la orilla llevando gritos en él.

»Nadé en pos del bote durante largo tiempo, pues creía haber oído la voz de la muchachita morena. El agua estaba llena de fuego. Cuando yo levantaba mis brazos, el fuego descendía por ellos en ríos y gotas. A veces olvidaba lo que estaba haciendo y me detenía para reír ante aquellas gotas de fuego. Pero al final concluía por seguir nadando. Recuerdo que una vez pensé que la muchachita morena estaba nadando detrás de mí, e intenté alcanzarla con mi brazo. Pero ella se apartó, quemándome antes como con un tizón. Más tarde supe lo que había sucedido. Mi pecho y mis costados tenían arañazos por haber sido rozados por la tosca piel de un tiburón. Me he preguntado muchas veces, Joel, por qué el animal no me llevó entonces.

»Pero no se me llevó, y yo llegué por fin al bote y subí a él, pero estaba vacío. Sin embargo, descubrí una cuerda al final de él y tiré de ella, alcanzando la popa de la goleta. Entonces trepé a ella.

Su voz se había tornado aguda, exultante y orgullosa.

—Trepé a bordo, tropezando en la popa con cuerpos que luchaban sobre cubierta; alguien gritaba en el combés, y adiviné que se trataba de la muchachita morena. Así que dejé aquellos cuerpos que luchaban en la popa, pues su pelea no me incumbía, y me dirigí hacia el combés, encontrándola a ella allí.

»Un hombre gordo la tenía cogida. Ella luchaba para desasirse, y él no me vio. Entonces yo apoyé tranquilamente mis dedos en su cuello desde detrás, y cuando él ya no luchó más y dejó de apretar mis dedos con los suyos, le dejé caer por encima de la borda. Observé un fiero movimiento en el agua en el lugar donde había caído. Aquel tiburón no era tan escrupuloso como el que me había... abrazado. Se conoce que el mío se extrañó de mis costumbres, Joel. ¿Crees que pudo haber sido esto?

Los nudillos de Joel estaban blancos cuando descansó la mano en su rodilla. Mark lo vio y rió suavemente.

—Hay sangre en ti, muchacho, después de todo —afirmó—. Yo tenía esperanzas en ti.

Joel preguntó con voz suave:

—¿Y qué más? ¿Qué más sucedió, Mark?

Mark se echó a reír.

—Bien, ahora viene lo más gracioso —repuso—. ¿Sabes? Los otros dos hombres estaban muy atareados en popa con sus propios asuntos. Entonces yo tranquilicé a la muchachita morena, y cuando me senté en la cubierta con ánimo de reírme de la locura que suponía todo aquello, ella fue a popa, recogió todos los rifles y me los trajo. Parecía esperar algo de mí. Yo seguía aún riendo, ya que tenía fiebre. Tomé los rifles y arrojé todos menos uno por la borda. Luego descendí a la cámara con la muchachita morena y me metí en la cama. Ella se sentó junto a mí con el rifle entre sus manos y una lámpara colgada de la puerta...

»Eso fue todo lo que sucedió, hasta que una mañana desperté y la vi a ella a mi lado y me pregunté dónde estábamos. Mi cabeza estaba clara de nuevo. Ella me explicó por signos que los hombres habían querido venir hasta donde yo me encontraba, pero que temieron al rifle que ella tenía en las manos...

»Y estábamos en el mar abierto, según podía notar por el movimiento de la goleta bajo mis pies, así que coloqué el rifle en el gancho de mi brazo y llevando a la muchacha morena pisándome los talones, subí a cubierta, e hicimos un convenio.

Permaneció silencioso un momento mientras Joel observaba y esperaba, hasta que al cabo Mark continuó.

—Yo había permanecido más de un mes en la isla —dijo—. El *Nathan Ross* había partido. Aquella goleta se dedicaba a la pesca de perlas y conocían la situación de un banco de ostras. Habían estado esperando a que otra goleta abandonase el lugar a fin de tener el camino expedito, y cuando llegó la hora, fueron a tierra a buscar mujeres para llevarlas como compañeras de viaje, cometiendo la equivocación de tomar a mi pequeña muchacha morena cuando ella salió de la choza. Esto hizo que yo fuera tras ella.

»Quedaban dos de ellos, dos blancos, y además tres negros que no son del caso. Y las otras dos mujeres. Esas dos mujeres charlaban juntas en la cubierta de popa cuando yo aparecí. Parecían bastante satisfechas.

»Los hombres no eran felices. Había un individuo corpulento con los ojos oblicuos. Parecía tener sangre oriental. Esto saltaba a la vista. Le llamaban Quint. Pero sus ojos eran japoneses o chinos. Y poseía la calma de los japoneses y de los chinos y, además, una indiferencia que ocultaba lo que debía de haber en sus pensamientos. Se llamaba a sí mismo Quint, y era un hombre grande, muy hombre a su manera, Joel.

»El otro, de baja estatura, andaba balanceándose y sonriendo. Se llamaba Fetcher, y era muy untuoso en su hablar.

»Cuando me vieron, me estudiaron durante un considerable espacio de tiempo en silencio, y yo permanecí inmóvil, con el rifle en mi brazo, sonriendo mientras les miraba. Al cabo, Quint dijo tranquilamente:

»—Echaste a Farrell.

»—¿Al hombre gordo? —pregunté. Él asintió—. Sí —repuse—. Raptó a mi muchacha y entonces le tiré al agua, y un amigo se lo encontró allí y se lo llevó.

»—¿Tu muchacha? —repitió el gordo como un eco, con voz áspera—. ¿Entonces... tú eres eso entonces?

»—¿Lo soy? —pregunté elevando el rifle hacia la proa.

»Sus ojos se encontraron con los míos durante un espacio de tiempo, y entonces sacudió la cabeza.

»—Veo que estaba equivocado —repuso.

»—Tu vista es buena —le contesté—. Vamos, ¿qué es esto? ¿Dímelo?

»Él me lo contó todo llanamente, sin la menor malicia. Conocían el lugar donde estaban las perlas, y había bastantes para tres. Yo era bien recibido, y al cabo di mi consentimiento. El *Nathan Ross* se había marchado. Además, por entonces había en mí ya nueve paganos, y la perspectiva de saquear alguna tranquila laguna en compañía de aquellas dos ratas, poseía un loco atractivo que me atraía. Mi sangre hervía y el sol abrasaba. Además, también tenían a bordo licor. Licor, saqueo y las tres mujeres. Verdadero paganismo, Joel. ¡Paganismo! Pero un paganismo salvaje, rojo y descarriado. Hay una gloria en tales cosas... Los cantos están hechos de ellas... No hubo apretones de manos, pero establecimos una alianza y trabajamos en las velas, prosiguiendo nuestra ruta.

Se detuvo en seco y rió, luego llenó de nuevo su pipa y observó a Joel.

—Te sorprende, muchacho. Lo veo en tus ojos —dijo burlonamente. Joel sacudió la cabeza—. ¿Quieres oír el resto? —acabó preguntando.

Joel hizo un signo de afirmación con la cabeza. Mark encendió su pipa y sonrió... Sus dedos tamborearon en el escritorio que tenía ante sí.

—Tardamos una semana en llegar —dijo—, toda ella pagana, cada minuto de la semana. En aquellos días tuvimos que luchar contra una tempestad, una tempestad más mala que las que había conocido hasta entonces, Joel. Luchamos contra ella agarrándonos a las cuerdas con nuestros dientes, desnudos nuestros cuerpos hasta la cintura, con el aire azotándonos, haciéndonos trizas y dándonos latigazos... Obligué a los tres hombres negros mediante un puñal a que realizasen su trabajo, y las tres mujeres permanecieron abajo, sólo que mi morenita subía de cuando en cuando con ropa seca para mí... y yo tenía que llevarla a cubierto...

»Y cuando pasó la tempestad, había licor y había naipes. Nos jugamos nuestra parte de lo que recogeríamos... Hora tras hora tratábamos y jugábamos empleando pocas palabras; nuestros ojos ardían hundidos en sus cuencas; la estrecha boca de Quint se torcía y hacía muecas como un gusano cogido con un alfiler. Con toda su calma, era un hombre nervioso, muy nervioso...

»Durante el quinto día, uno de los negros cayó en el camino de Quint en cubierta. Quint había perdido en el juego. Sacó un cuchillo de la manga, se lo clavó al hombre entre las costillas y luego lo arrojó por la borda sin decir una palabra. Yo me encontraba a veinte pasos y todo fue ejecutado antes de que recobrase el aliento. Grité. Entonces Quint se volvió, me miró y sonrió.

»—¿Qué pasa? —preguntó—. ¿Tienes alguna objeción que hacer?

»Sostenía la hoja manchada en su mano y en el mar todavía se alzaban burbujas. El hombre me dio miedo, Joel. Te digo que me dio miedo. Ésa fue la única vez que lo tuve. El miedo es una alegría pagana, muchacho. Fue para mí como una nueva bebida. Yo cuidaba mi miedo y lo alimentaba. Humilde, sacudí la cabeza.

»—No hay objeciones —repuse a Quint—. Esto es asunto tuyo.

»—Eso es lo que yo creo —afirmó él.

»Pasó ante mí y se dirigió a popa. Yo me aparté para dejarle paso y temblé y reí ante el júbilo de mi miedo.

»Entonces llegamos a la laguna, y los negros empezaron a bucear. Los dos únicos que teníamos. No se veía a ningún indígena en tierra. Pero habíamos dado con un bajío y tuvimos que echar mano de nuestros cuchillos para que los hombres trabajasen. Y ellos sacaron perlas. A veces una o dos durante un día, a veces una docena. ¿Conoces las perlas, Joel? Son suaves como la piel de una mujer. Yo no las había visto nunca antes, y todos nos volvimos un poco locos con ellas...

»Las perlas volvieron histérico a Fetcher, que reía demasiado, tornaron a Quint malhumorado y a mí me hicieron temblar...

Se frotó los ojos con la mano como si el recuerdo le disgustase. Luego movió sus grandes hombros, miró a Joel y se echó a reír.

—Pero la cosa no podía durar tal como estaba —continuó—. Se tenía que hacer algo. Le tocó hacerlo a las mujeres. Ya dije que parecían contentas. Lo estaban de veras. Pero lo estaban a la manera de los negros. Tenían un hábito feliz de vida. Reían con facilidad.

»De todos modos, una mañana nos encontramos con que la muchacha de Quint había huido. No estaba en la goleta, y en tierra encontramos sus huellas en la arena. Se había adentrado por entre los árboles. Registramos toda la isla y no dimos con ella. Quint sudaba. Durante todo aquel día.

»Aquella noche miró a mi morenita y la tocó en la espalda. Yo estaba en cubierta y la muchacha venía hacia mí con la comida. Yo le dije a él: "No. Ésta es mía, Quint". Él me miró y yo le dominé con mis ojos. Y cuando se apartó de mí, Fetcher y su mujer subieron a cubierta. Quint dio entonces un golpecito a Fetcher en el hombro y le dijo: "¿En cuánto me la vendes?"

»Fetcher se rió de él y Quint hizo una mueca, y yo... como vislumbré la treta, fui hasta ellos y dije:

»—Jugáosla, jugáosla.

»Fetcher estuvo de acuerdo, pues poseía sangre de jugador capaz de apostarlo todo a una carta, y Quint tenía deseos de jugar, pues era el mejor jugador de los dos. Ambos se sentaron para jugar en la cabina, después de la cena. Póquer. Manos frías. Nueve manos. El que ganase cinco, sería el vencedor...

»Fetcher ganó dos. Perdió cuatro, y luego ganó dos más. Yo daba las cartas. Una cada vez y boca arriba. Recuerdo aquellas partidas. Mi morenita y la otra observaban desde un rincón. Las cartas sobre la mesa fueron creciendo carta tras carta. Fetcher recibió un as. Quint un dos. Fetcher una dama. Quint un siete. Fetcher un *jack*. Quint un seis. Fetcher un diez y Quint un diez. Sólo les faltaba la última carta. El que emparejara alguna carta, ganaría. La carta de Fetcher salió primero. Era un siete. Tenía un as y una dama y Quint tenía un dos, un seis, un siete y un diez. Así que para ganar tenía que emparejar alguna de sus cartas, ya que si no le ganaba el otro. Vi que la mano de Quint temblaba bajo la mesa y que en ella había un cuchillo. Pero antes que yo pudiera hablar o moverme, Fetcher se llevó la mano al bolsillo de su pantalón; yo sabía que tenía allí una navaja... Así que me eché a reír y saqué la última carta de Quint...

»Un dos. Ya tenía una pareja, lo cual le hacía ganar...

»Se echó hacia atrás riendo sombríamente. El cuchillo de Fetcher le pasó por debajo del lado izquierdo de su mandíbula, donde está la yugular. Quint pareció sorprendido, se levantó de su silla y cayó en silencio sobre la mesa. Oí el borboteo de su último aliento. Entonces Fetcher rió, llamó a su mujer y entre los dos llevaron a Quint a cubierta, arrojándole por la borda. El cuchillo había sido bien dirigido. Fetcher apenas había movido la muñeca... A mí me sorprendió mucho aquel hombrecito y así se lo dije a mi morena. Pero estaba asustada y tuve que consolarla.

Mark permaneció silencioso durante un tiempo, apretando las ardientes cenizas de su pipa con su dedo pulgar. El agua lamía debajo de ellos la ancha popa del barco, y la pipa de Joel gorgoteaba. No se oía ningún otro ruido. La pequeña Priss, clavándose las uñas en las palmas de sus manos, temía gritar si el silencio se prolongaba un poco más.

Pero Mark rió suavemente y continuó:

—Fetcher y yo trabajamos amigablemente juntos —dijo—. El hombrecito era muy agradable y afable, y yo le entendía con pocas palabras. Los negros sacaron las ostras y nosotros permanecíamos ociosos durante el día, jugando a las cartas por la noche. Fuimos subiendo las puestas, así que ascendieron a bastante, pero la suerte se mostró equilibrada. El día en que se concluyó la pesca, estábamos casi a la par...

»Fetcher, los negros y yo fuimos a tierra para recoger fruta de los árboles de la isla. Había mucha en todas partes y cogimos cuanta quisimos. Nos adentramos en la espesura amigablemente, pero él se quedó un poco atrás. Yo me volví de pronto y su cuchillo rozó mi cuello y se clavó temblando en un árbol, a una yarda de mí. Así que me volví del todo y le cogí entre mis manos. Él tenía otro cuchillo. Por lo visto, el hombrecito iba muy bien provisto. Me rozó una costilla, pero antes de que pudiera utilizarlo de nuevo, yo hice estallar su cuello.

»De modo que me quedé solo en la goleta con los dos negros, la mujer de Fetcher y la morenita mía.

»La mujer de Fetcher fue a tierra a buscarle y jamás volvió. Yo decidí que era tiempo de salir de aquel lugar. Ya no tenía paganos dentro de mí, y no me gustaba la pequeña islita...

»Pero a la mañana siguiente, cuando miré más allá de la laguna, observé que llegaba otra goleta. Por tanto, me sentí incómodo con las perlas de Fetcher junto con las mías en mi bolsillo. Hay muchos hombres duros en estos mares, Joel, y yo sabía que ninguno de ellos me valoraría más alto de lo que valieran mis perlas. Así que imaginé una historia de desgracias y fui a tierra a esconder mis perlas bajo una roca.

»Los negros me habían llevado a tierra. Pero me alejé de su vista para hacer lo que tenía que hacer, y cuando volví, después de esconder las perlas, vi que remaban rápidamente hacia la goleta. Volvieron la cabeza para mirarme con expresión de temor. Yo me pregunté por qué, y en aquel momento cuatro negros me atacaron por la espalda con cuchillos y porras.

»Aquél fue un día muy agitado para mí. Intentaron cazarme por un lado y otro a través de toda la isla. Yo no llevaba ni siquiera un cuchillo conmigo, y a veces me encontré con ellos aquí y allá, sufriendo ciertas contusiones, golpes y cortes de escasa importancia. Además, me cansé mucho de irlos matando. Tenían empuje, pero eran pequeños y morían con harta facilidad. Así que me alegré cuando, desde el lugar donde me tenían acorralado, vi que la muchachita morena remaba en el gran bote en dirección hacia mí.

»Iba sola. Al pronto pensé que los negros tenían miedo. Pero más tarde supe que no era cierto. No podían venir. Habían intentado apoderarse de la goleta y alejarse rápidamente de aquel lugar, mas la muchachita morena se había deshecho de ambos. Tenía mucha maña con el rifle...

»Escapé para alcanzar el bote, y ella me entregó el arma. Mantuve a raya a los negros durante un tiempo, mientras nos apartábamos de la orilla. Pero cuando estábamos a treinta o a cuarenta yardas de ella, oí disparos de rifle procedentes de la otra goleta, que disparaban contra los negros. La muchacha entonces dejó de remar. Me volví y vi que una de las balas de la otra goleta le había dado en la espalda. Yo me quedé al sol luchando con el viento y sosteniendo a la muchacha en mis brazos hasta que tuvo un acceso de tos y murió.

»Entonces me dirigí a la otra goleta y les dije que eran unos pésimos tiradores. Estaban allí sólo de paso y habían ido en busca de copra. La historia que yo les conté fue realmente horrorosa. Se impresionaron mucho y parecieron deseosos de alejarse de allí cuanto antes. Pero los negros estaban todavía en tierra, así que no pude volver a buscar las perlas. Manejé la goleta solo y me marché de allí...

»Arribé a Tubuai un día antes que tú, Joel.

IX

Durante largo tiempo luego que concluyó la historia de Mark, los dos hermanos permanecieron inmóviles dando chupadas a sus pipas y reflexionando... Mark observó a Joel en espera de que éste hablase. Pero los pensamientos de Joel habían retrocedido y estaban en el comienzo del relato, siguiéndolo todo él una vez más...

Estuvieron callados durante tanto tiempo que la pequeña Priss, en el camarote, alternaba el soñar despierta con el soñar dormida. Las escenas que las palabras de Mark habían conjurado en ella se mostraban en turbadoras fantasías, y la joven se retorcía y lloraba suavemente en su sueño. Así que Joel penetró al fin en el camarote para asegurarse de que no estaba enferma. Pero cuando estuvo a su lado, la joven gozaba de un tranquilo sueño sin la menor turbación, y Joel tornó para sentarse de nuevo al lado de Mark.

—¿Llevaste la goleta hasta Tubuai? —preguntó.

—Sí. Solo. Medio millar de millas. Fue una hazaña, Joel.

—¿Y la dejaste allí?

—Sí.

—¿Por qué?

Mark sonrió sombríamente.

—Era conocida allá —repuso en voz baja—. Además, también los tres con los que me encontré a bordo eran conocidos, y contaban con amigos en Tubuai que no dejarían de preguntarse qué les había sucedido. Yo estaba empezando a encontrar molestas sus preguntas cuando apareció el *Nathan Ross*.

—Ahora se harán más preguntas aún —afirmó Joel.

—Que se las hagan a la goleta... Ella no habla —contestó Mark.

Joel se sentía turbado e incierto.

—Es... algo terrible —murmuró.

—No me perseguirán, si es eso lo que te preocupa —afirmó Mark—. La curiosidad no hace recorrer largos caminos en estas aguas.

—¿No se lo dijiste a nadie?

Mark se echó a reír.

—Las perlas eran mi única preocupación. Tú eres el primero a quien se lo cuento.

Y observó a su hermano. Joel, pensativamente, sacudió la cabeza.

—¿Tienes el proyecto de volver a buscarlas? —preguntó.

—Tú y yo —contestó Mark con la mayor naturalidad; Joel le miró con súbita sorpresa y Mark se echó a reír—. Sí —repitió—. Tú y yo. No soy egoísta, Joel. Además... hay de sobra para dos.

Durante un instante, Joel no encontró nada que decir. Mark se inclinó rápidamente hacia él y le dio un golpecito en la rodilla.

—Iremos en esa dirección —dijo rápidamente—. Cuando lleguemos a la isla, tú y yo iremos a tierra y las encontraremos debajo de la roca donde las escondí. Entonces volveremos a bordo y nadie lo sabrá... Ricos. Un doble puñado de perlas, Joel.

Los ojos de Joel estaban llenos de pensamientos y sacudió lentamente la cabeza.

—¿Y qué me dices de los negros? —preguntó.

Mark se echó a reír.

—Cayeron sobre nosotros incitados por la mujer que escapó —repuso—. La mujer de Quint. Lo oí aquel día y la vi entre ellos. Pero... se marcharían después.

Joel dijo lentamente:

—No estás seguro de ello, y... yo no puedo arriesgar el barco.

Mark preguntó en tono de mofa:

—¿Tienes miedo?

El hombre más joven enrojeció. Pero replicó con acento firme:

—Sí. Tengo miedo de perder el barco de Asa Worther.

Mark sonrió con expresión desagradable.

—Me acuerdo ahora de lo que está escrito una y otra vez en el Cuaderno de bitácora de la Casa de Shore —dijo medio para sí mismo, y a continuación citó—: «Todos los hermanos fueron valientes». Tendría que añadirse algo más, Joel. «Y todas las hermanas virtuosas.» No sé que hayamos tenido hermanas. Pero, al parecer, tú eres una muchacha. Nada valiente, según tu propia confesión. Pero cuando menos posees una gran virtud.

Joel no hizo caso de estas palabras.

—Asa Worthen desea que cuiden su barco —murmuró medio para sí mismo—. Creo que no aprobaría eso. No es un hombre jugador.

—¿Jugador? —repitió despreciativamente Mark como un eco—. No hay el menor asomo de juego en esto. Las perlas son para ti y para mí. Él no sabrá nada de ellas. Un puñado para mí y un puñado para ti, Joel. Sólo porque me acompañes.

—¿No piensas dar su parte al propietario? —preguntó Joel.

—No.

—¿En dónde se encuentra esa isla?

Mark sonrió.

—No puedo precisarlo hasta que cuente con tu palabra, Joel. Pero está hacia el Norte.

—Nuestro rumbo es hacia el Oeste y luego hacia el Sur.

—¿Desde cuándo el *Nathan Ross* tiene una ruta concreta y cuenta el tiempo como un barco correo?

Joel sacudió la cabeza.

—No puedo hacerlo, Mark.

—¿Por qué no?

—Es un riesgo que no tengo derecho a correr. Desperdiciar semanas apartándonos de nuestra ruta... El viaje lo paga Asa Worthen.

Mark sonrió con expresión irónica.

—Eres mucho más virtuoso que cualquier hermana tendría que serlo, querido.

Joel repuso con entonación firme:

—Hay dos modos de comprender la cuestión. El deber de un capitán con su barco y con su propietario, y... ya te he dicho cómo lo entiendo yo.

Mark se inclinó hacia su hermano, mirándole con ojos medio amistosos.

—Estás equivocado, Joel —dijo—. Ya te convenceré.

—No lo lograrás.

—Un puñado de perlas —murmuró Mark—. Valen más que cien mil. Quizá bastante más. Yo no las conozco bien. Y todo por desviarte un poco de tu ruta.

Joel sacudió la cabeza, y Mark, presa de un súbito ataque de ira, se puso en pie con una mano cerrada y en alto.

—¡Por el Señor, Joel! Jamás lo hubiera creído. Estás loco, completamente loco. Querida hermana, tú...

Joel repuso con acento tranquilo:

—Tu goleta está en Tubuai. Te dejaré allí si quieres.

Mark se burló de su hermano.

—¿Arrojas a tu propio hermano del barco que él capitaneaba? ¡Oh, corazón duro, corazón duro!

—Puedes quedarte o marcharte —replicó Joel—. Elige.

Los ojos de Mark se achicaron un instante. Luego contemplaron la puerta del camarote donde Priss dormía... y en ellos apareció una llama de negro odio. Pero su voz sonó de un modo suave cuando contestó:

—Con tu permiso, querido capitán, me quedo.

Joel hizo un signo de asentimiento con la cabeza y se puso en pie.

—El joven Morrell te ofrece su camarote —murmuró—. Así que... buenas noches.

Abrió la puerta que daba a la cabina grande. Mark, con los dedos crispados, salió. Pero de repente se volvió y habló por encima de su hombro.

—Buenas noches y... que tengas sueños agradables —dijo.

X

Incluso Joel Shore percibió la nueva luz que había en los ojos de Priscilla cuando la joven se encontró con Mark la mañana siguiente. Y dicen que los maridos son los últimos en enterarse de estas cosas.

La historia que Priscilla había oído la noche anterior, la historia que Mark contó a Joel en la cabina anexa al camarote, había hecho de él algo sobrehumano a los ojos de la joven, una figura gigantesca y épica. Había vivido una vida cruda, había luchado para salvar su vida y había matado... Priscilla poseía sangre puritana. Pero dominándolo todo, existía un flujo de vida más ardiente, herencia de algún antepasado del Sur, que ahora cantaba en respuesta a las palabras de Mark. Aquella mañana la joven observó a éste con ojos muy abiertos, rebosantes de asombro y de respeto.

Mark lo notó y se sintió inmensamente divertido. Preguntó a la joven:

—¿Por qué me miras de esa manera, querida hermana? No voy a morderte.

Priscilla se dominó, sonrió y repuso con una sonrisa:

—¿Cómo te miro? Estás imaginando cosas, Mark.

—¿De veras? —preguntó Mark, y tocando el brazo de Joel, continuó—: Mírala, Joel, y di cuál de los dos tiene razón.

Joel se estaba tomando en silencio su desayuno, pero había visto los ojos de Priscilla. Miró a su esposa y la joven enrojeció a despecho de sí misma, se puso en pie rápidamente y se marchó... Ambos hermanos la contemplaron mientras salía: los ojos de Joel llenos de sombras; los de Mark, brillantes. Y cuando Priscilla estuvo fuera,

Mark se inclinó y dijo a Joel en voz baja, con un asomo diabólico en sus ojos:

—Priscilla escuchó mi historia anoche, Joel. No estaba dormida. Te engañó.

Joel sacudió la cabeza.

—No, estaba dormida.

Mark sonrió.

—Estoy seguro. He visto esa mirada de mujer antes de ahora. En los ojos de la muchachita morena la noche que arrojé al hombre gordo por la borda.

Se quedó inmóvil y sonriendo mientras Joel se ponía rápidamente en pie y subía a cubierta, y cuando Mark subió la escalera un poco más tarde, todavía sonreía con disimulo.

Después de aquella primera mañana, Priss aprendió a velar sus ojos y a ocultar sus pensamientos, y, en la superficie, la vida en el *Nathan Ross* pareció deslizarse del mismo modo que antes. Mark se lanzó a la rutina del trabajo diario mezclándose con los marineros, yendo en los botes cuando había una ballena que pescar y realizando la tarea de tres hombres. Joel le dijo un día:

—Esto no es justo. Tú eras el capitán aquí y eres mi hermano. No haces bien mezclándote como un igual con la marinería.

Mark se echó a reír.

—Tu dignidad te es muy preciosa, Joel —repuso en tono burlón—. Pero en lo que respecta a mí, no soy orgulloso. No me tendrás sentado en la popa, moviendo mis pulgares y dándole conversación a la pequeña Priss. Yo tengo que hacer algo...

Él y Jim Finch permanecían mucho tiempo juntos. Finch prestaba siempre a Joel una atenta obediencia, y cuando estaba a cargo del barco, lo hacía con eficiencia suave. Su bote era siempre el mejor manejado y el que tenía más éxito en la pesca. Pero él y Joel no eran camaradas. Joel sentía instintivamente antipatía hacia el hombre grueso, y el servilismo de Finch le disgustaba. El primer oficial rebosaba de palabras suaves y halagadoras. Pero sus ojos se mostraban inexpresivos.

Mark habló con él largo y tendido una mañana; luego se apartó de Finch y se acercó a Joel en la toldilla de popa, riéndose como si se tratara de un chiste muy gracioso.

—¿Quieres echar una mirada a Finch? —pidió.

Joel había estado observando a ambos. Ahora vio a Finch, que se hallaba ante el pañol de los aparejos con las mejillas encendidas y los ojos fijos en sus manos, que retorcía nerviosamente. No había duda de que el hombre se encontraba bajo una gran impresión.

—¿Qué le sucede? —preguntó Joel.

—Le he hablado de las perlas —repuso Mark sonriendo—. Está deseando ir a buscarlas.

Joel se volvió irritado hacia su hermano.

—Estás loco, Mark —exclamó—. Eso no debe correr por el barco.

—Pero yo se lo he dicho a Finch —replicó Mark—. Resulta divertido ver a un hombre presa de la ambición.

—Va a decirlo por todo el barco. Su lengua se mueve incesantemente.

Mark alzó los hombros.

—Dile que guarde silencio. Tú debes dar las órdenes en tu barco, Joel.

Joel le hizo señas con la cabeza y Finch se acercó a ellos. Mientras lo hacía procuró serenarse, y cuando estuvo frente al capitán y su hermano sus labios se fruncieron como para insinuar una sonrisa a la vez que sus ojos brillaban. Joel dijo con voz tranquila:

—Mr. Finch, mi hermano dice que le ha contado a usted su historia.

—Sí, señor. Una extraordinaria aventura, capitán Shore.

—Creo que lo mejor es que los hombres no se enteren de nada de eso —añadió Joel—. Haga usted el favor de guardárselo para sí.

Finch sonrió.

—Por supuesto, señor. No hay necesidad de que nadie más tenga parte en ello.

Joel enrojeció de ira.

—No iremos a buscar nada. Lo considero peligroso e imprudente.

En las gruesas mejillas de Finch apareció una mueca de desencanto.

—Pero yo pensaba... —Miró a Mark y vio que éste sonreía—. Es tan fácil, señor —protestó—. Sólo ir y cogerlas... Ricos...

Joel sacudió la cabeza.

—Guarde silencio sobre el asunto, Finch.

Finch hizo una lenta reverencia y bajó los ojos respetuosamente.

—Muy bien, capitán Shore —repuso—. Usted siempre sabe lo que debe hacerse.

Se marchó; pasado un tiempo, Mark dijo en voz baja:

—Le tienes bien amaestrado, Joel. Como a un perrito... Me asombra que puedas manejar a los hombres así.

Dos días después, Joel supo que, o bien Finch o bien Mark, habían hecho correr la historia. El joven Dick Morrell se acercó a él con los ojos brillantes.

—¿Es cierto, señor, que vamos a buscar las perlas que su hermano escondió? —preguntó—. He oído decir...

Joel cogió al joven por el brazo.

—¿Quién te ha dicho eso?

Morrell se libró del agarrón con un movimiento irritado.

—Lo he oído decir, señor. ¿Es cierto?

—No —contestó Joel—. Esto es un barco ballenero y no nos apartaremos de nuestra tarea.

Dick levantó ambas manos con un ademán casi de súplica.

—Pero sería tan sencillo, señor...

—Mantén la boca cerrada, Morrell —replicó Joel—. No quiero que los hombres lo sepan. Y si oyes hablar más de esa cuestión, ven a decírmelo.

Morrell le miró con ojos sombríos y repuso lentamente:

—Sí, señor.

El movimiento de hombros que el joven hizo al marcharse le pareció a Joel desafiante.

Una semana más tarde la historia era conocida por todo el barco. El viejo Aaron Burham, que reparaba una litera en el castillo de proa, oyó que los hombres hablaban del asunto entre ellos.

—Las lenguas silban como serpientes, señor —dijo a Joel en la cabina aquella noche—. Todos hablan de perlas, de mujeres y de cosas por el estilo. Y hay un brillo en sus ojos...

—Gracias, Aaron —repuso Joel—. Siento que los hombres sepan...

—Sí, lo saben. Esté usted seguro de ello —repitió Aaron moviendo la cabeza—. Y están trastornados por lo que saben. Algunos dicen que usted va a buscar las perlas, y que no piensa darles parte de ellas. Otros afirman que será usted tonto si no va...

Joel cerró suavemente su puño sobre la mesa.

—¿Y qué más? —inquirió.

Aaron le miró de reojo.

—Hay un bisbiseo de que debería usted ser obligado a ir.

Priscilla notó aquella noche que Joel estaba preocupado. Ella y Mark se hallaban juntos en el asiento tapizado de la cabina pequeña, y Joel estab sentado junto a su escritorio con el libro de bitácora ante sí. Mark relataba a Priss una expurgada versión de alguna de sus aventuras, y Joel, que miraba hacia ellos de cuando en cuando, vio que la garganta de la joven contenía el aliento y que toda ella denotaba un trémulo interés... Sus ojos se ensombrecieron, y cuando Priscilla miró por casualidad hacia él, ella lo notó y exclamó:

—¡Joel! ¿Qué te ocurre? Pareces como...

Joel miró a ambos durante largo rato y luego, con los ojos clavados en su hermano, dijo lentamente:

—Estoy pensando que habríamos hecho mejor dejándote en tierra en Tubuai, Mark.

Mark rió. Pero Priss gritó con calor:

—¡Joel! ¡Qué cosas tan horribles dices!

Joel pensó que su voz era ahora más grave y resonante que antes. Ya no era la voz de una muchacha, sino la de una mujer... Mark la tocó en el brazo.

—No te preocupes por él —dijo—. Eso es sólo cariño fraterno.

—Pero no debería decir eso.

Joel contestó en voz baja:

—Esto es un problema que tú no comprendes, Priscilla. Harías bien en guardar silencio. Es asunto mío.

Un mes antes, esto habría enfurecido a Priscilla. Pero aquella noche, aunque en sus ojos ardía el resentimiento, la joven se mordió los labios y guardó silencio. Un mes antes lo habría olvidado en una noche. Ahora lo recordaría siempre.

Mark se puso en pie y sonrió.

—Joel es una mala compañía, Priss —dijo—. Ven a cubierta conmigo.

La joven se levantó de buena gana, pasaron a la cabina grande y luego subieron la escalera. Joel los observó mientras se alejaban. Dejaron abierta la puerta que daba a la cámara y Joel oyó que Varde y Finch, junto a la mesa que había en ella, hablaban con un susurro de voz. Así sucedía, y él no lo ignoraba, en todo el barco. En todas partes los hombres murmuraban entre sí. Sobre el *Nathan Ross* se cernía una nube tan definida como una mano de hombre, y todos los hombres ponían mal gesto... salvo Mark Shore. Mark sonreía con malicioso placer ante la tempestad que había provocado...

Joel, que siguió en donde estaba, se sentía terriblemente solo. Deseaba tener a Priss con él, sonriente a su lado. Su deseo de estar con ella era como un ardiente carbón en su garganta, que le abrasaba. Pero Priss se había puesto de parte de Mark y en contra de él... Sus hombros temblaron con un súbito deseo de apretar el delgado cuerpo de Mark. En tierra lo habría hecho. Pero tal como estaban las cosas, tenía que preocuparse primero del barco, y una pelea con Mark precipitaría lo que amenazaba al barco... No podía luchar con Mark sin arriesgar al *Nathan Ross* y no podía arriesgar al *Nathan Ross*. Ni siquiera... Su cabeza cayó un instante sobre sus brazos, pero a poco se alzó rápidamente, hizo acopio de fuerza y apretó los labios... Ningún hombre a bordo debía sorprender la preocupación que su corazón albergaba...

Atravesó la cámara y subió a cubierta. El mar estaba un poco agitado y soplaba un viento que borraba todos los ruidos pequeños. Así que hizo escaso ruido. Por esta razón, cuando llegó a la parte superior de la escalerilla, pudo ver dos oscuras figuras en las sombras del pañol, estrechamente abrazadas... Permaneció inmóvil un instante, inflamado al rojo vivo... Su esposa y Mark... Su pequeña Priss y su hermano...

Entonces tornó a bajar, examinó la carta de navegar y eligió una ruta en ella. La tierra más próxima. Él y Mark irían a tierra juntos... Su sangre corrió voraz ante la idea...

XI

Priscilla subió a cubierta aquella noche tan irritada con Joel, que le habría matado de buena gana. Mark jugó con ella como unas manos hábiles juegan con el arpa. Era una de esas noches tan corrientes en los mares del Sur, tibia y lánguida, con un viento acariciador y espuma de sal pegándose suavemente a las mejillas. La luna estaba próxima al plenilunio y trazaba un sendero de plata sobre el agua. Aquel sendero era como la carretera que llevaba al país de las hadas y Mark se lo dijo así a Priscilla. Luego se dedicó a trazar una pequeña fantasía concebida en aquel momento, un cuento de hadas, con danzas a la luz de la luna y un hombre y una mujer cogidos de la mano...

La joven sintió la fascinación que él ejercía sobre ella y luchó contra tal poder.

—Háblame de la última lucha, cuando murió la muchachita morena —pidió.

Mark le había contado fragmentos de su historia tomados aquí y allá. Pero hasta aquella noche no había hablado de las perlas. Cuando Priss oyó hablar de ellas, se apartó y levantó el rostro hacia él para escuchar como una niña, y Mark relató toda la historia con lengua de oro. La joven lo vio todo: la laguna, azul bajo el sol; la goleta, entrando desde el mar; las horas de lucha en la especie de jungla de la isla y los negros con su inquietante persecución. Mark le habló de cuando le rodeaban y pudo escapar... de cómo encontró una gran piedra y la cogió con su mano, y cómo con ella aplastó el cráneo de un joven negro que contaba con solo un ojo. Priss se estremeció ante aquel relato...

Pero lo que más le gustaba era oír hablar de la muchachita morena a quien Mark había querido, y esto debía de haber hecho comprender a ambos, si se hubiesen parado a reflexionar, que ella no quería a Mark. De haberle querido, habría odiado a la otra, morena o blanca. Mark habló de la forma en que la muchachita morena le había salvado y dio su vida para salvarle... Y de que él se había detenido en un pequeño atolón en su camino hacia la isla con objeto de enterrarla... Había muerto en sus brazos, sonriendo porque yacía en ellos...

—¿Y las perlas? —preguntó Priss cuando hubo escuchado toda la historia—. ¿Las dejaste allí?

—Están allí aún —contestó Mark—. Escondidas y a seguras.

—¿Y cuántas son? —inquirió la joven—. ¿Son bonitas?

—Tres muy grandes. Veintidós de un tamaño regular, y bastante pequeñas y más pequeñas aún, hasta formar dos puñados.

—Pero... ¿por qué las dejaste allí?

—Los negros estaban en la isla. Andaban observando y se mostraban muy irritados.

—¿Y no podías habértelas metido en el bolsillo?

Mark sonrió.

—Aquella otra goleta me hizo ser cauteloso. La vida de un hombre vale muy poco en tales momentos. Si llegaban a sospechar que llevaba tales cosas encima de mí... Si me dormía demasiado profundamente o algo así... ¿No comprendes?

Priscilla asintió con su morena cabeza.

—Comprendo. Pero tú regresarás...

Mark sonrió antes estas palabras y tamboreó pensativamente en la borda con sus nudillos.

—Yo había pensado que Joel y yo iríamos en el *Nathan Ross* para recoger las perlas —murmuró.

—Naturalmente —contestó Priscilla—. Eso sería tan fácil... A mí me gustaría ver... las perlas.

—¿Fácil? Eso es lo que yo creía —repuso Mark.

Algo de su tono hizo que Priss preguntase:

—¿Y por qué... no lo es?

—Joel no quiere —contestó Mark con acento seco.

—¿Que no quiere? Pero... ¿por qué? No comprendo. ¿Por qué?

Mark sonrió.

—Habla de una cuestión de deber, de no arriesgar el barco.

—¿Hay algún riesgo?

—No —repuso Mark sonriendo maliciosamente—. En realidad, Priss, temo que Joel sea un poco... tímido en tales asuntos.

Priscilla le miró con ojos llameantes.

—¿Miedo?

Mark hizo un signo de asentimiento con la cabeza.

—No lo creo.

Los ojos de Mark brillaron.

—¡Qué novia más leal! Pero... yo bromeé con él acerca de esto y... ésa es la palabra que el pronunció.

La joven estaba tan enfadada que golpeó con sus pequeños puños el gran pecho de Mark.

—¡No es cierto! ¡No es cierto! —gritó—. Tú sabes...

Mark se incendió de pronto. Priscilla estaba en sus brazos, acurrucada en ellos, medio alzada de la cubierta para encontrarse con sus labios, que descendían hacia los de ella. La joven era menos que nada entre sus brazos. No podía moverse...

Y, procedente de los labios de él, de sus brazos que estrechaban a la joven y del gran cuerpo masculino, el ardiente fuego de éste se propagó a ella... La joven luchó contra aquello. Pero incluso en aquel terrible instante, presintió que Joel no la había dominado jamás de aquel modo...

La joven apartó su rostro... y en aquel momento, desde la sombra donde se encontraba, la joven vio a Joel. Éste se hallaba en la parte alta de la escalera de la cámara, mirándolos con el rostro iluminado por la luz que subía de abajo. Priss observó un instante, helada de terror, esperando que Joel se lanzara sobre ellos, se encarara con Mark y le abofetease... Pero Joel permaneció inmóvil, sin hacer nada. Luego se volvió, y sin producir el menor ruido, bajó la escalera de nuevo...

Priscilla pensó con asco que Joel había huido, que había visto y había permanecido con las manos quietas.

¿Sería lo que Mark había dicho? Miedo...

Mark no había visto a Joel y la besó de nuevo. Luego Priss se separó de él y se fue abajo.

Joel se hallaba ante su escritorio. No levantó la cabeza cuando ella bajó, y Priss permaneció inmóvil un momento detrás de él, observando su cabeza inclinada... Al fin, la joven se metió en su camarote, echó el pestillo y enterró su rostro en la almohada para ahogar sus sollozos.

XII

El *Nathan Ross* cambió de rumbo aquel día y la nueva corrió por el barco. Pasó de boca en boca. Había cuchicheos y oscuras miradas dirigidas a Joel.

Joel permaneció todo el día en cubierta, silencioso, observando y esperando. Mark le habló una vez o dos para preguntarle qué propósitos tenía. Joel no dijo nada. Ya había sostenido su lucha la noche anterior. Mark se enteraría cuando llegase el momento.

Mark y Finch hablaron durante la mañana. Joel los observaba sin hacer comentarios. Más tarde vio que Mark se dirigía a los otros oficiales, uno tras otro. Durante la cena en la cámara, los oficiales permanecieron silenciosos. En sus ojos había algo así como vergüenza y también un venenoso odio... Odiaban ya a Joel, al que pensaban traicionar.

Hacía buen tiempo y el aire los impulsaba suavemente. No había nada que hacer, pues no se veía ni un bulto en el mar. Joel, observando en una o dos ocasiones los grupos de hombres ociosos que murmuraban, habría deseado que se viera una ballena, y en una ocasión mandó a Morrell y a Varde que buscasen tareas que entretuvieran a los marineros a fin de que pasaran la larga tarde rascando, baldeando o pintando. Priss continuó en su camarote. Cuando no apareció a la hora del desayuno, Joel fue hasta la puerta y llamó en ella. Priscilla le contestó:

—Tengo dolor de cabeza. Voy a descansar.

Joel ordenó entonces que le llevaran comida...

Joel permaneció en cubierta aquella noche hasta tarde. Pero, con la llegada de la noche, el barco se sumió en el silencio y la mayoría de los hombres se reunieron en el castillo de proa. Así que al fin Joel dejó la cubierta a Varde y se fue abajo. Se sentó ante su escritorio y escribió en el cuaderno de bitácora el informe del día... Priss se reunió entonces con ellos. Había permanecido en la cama y vestía una pesada bata sobre su camisa de noche. Llevaba el cabello en trenzas que le caían sobre los hombros. Se sentó junto al escritorio, y cuando Joel pudo disimular su tristeza, alzó los ojos para mirarla y preguntó:

—¿Está mejor tu cabeza?

Priscilla repuso con un susurro de voz:

—Joel, quiero preguntarte algo.

Joel deseaba de un modo terrible la simpatía de ella... Pero el tono de Priss fue tan frío y tan cortante, que se sintió abrumado. Sin embargo, repuso:

—Hazlo.

—Mark dice que te pidió que condujeras al *Nathan Ross* a recoger... las perlas que él dejó en aquella isla. ¿Es eso cierto?

—Sí —contestó Joel.

—Añade que no quieres ir.

—Es cierto —contestó Joel.

—Dice —continuó Priss en voz baja— que tienes miedo. Dice que tú mismo lo dijiste cuando él te acusó. ¿Es eso cierto?

Si hubiera existido alguna simpatía o comprensión en la voz o en los ojos de su esposa, Joel le habría explicado que tenía miedo por su barco y no por él. Pero no la había. Priss se mostraba tan fría y dura... que Joel no se atrevió a justificarse ante ella.

—Sí —dijo tranquilamente—. Lo dije así.

Priss separó rápidamente de él sus ojos para que no viera la pena que se reflejaba en ellos... A continuación se levantó para regresar a su camarote.

Cuando llegó ante la puerta, alguien llamó en la que daba a la cámara, y sin esperar a que Joel diera su consentimiento, la puerta se abrió. En ella apareció Mark, que entró seguido por Finch, Varde, el viejo Hooper y el joven Morrell... Priss acabó de entrar en su camarote, cerró la puerta dejando una rendija, y se puso a escuchar...

Joel se levantó de su asiento.

—¿Qué pasa? —preguntó.

Mark hizo una reverencia; luego se enfrentó con su hermano, con una fría y triunfal sonrisa en sus labios.

—Estos caballeros —empezó— me han pedido que te dijera que hemos decidido ir a buscar las perlas.

XIII

Cuando Priss, a través de la rendija de la puerta, oyó lo dicho por Mark, cerró sin hacer ruido la puerta de su camarote y se inclinó contra ella para seguir escuchando. Temblaba de pies a cabeza...

Hubo un largo momento en el que ninguno de los hombres que se encontraban en la cabina pequeña dijo nada. Pero luego el gran Jim Finch murmuró:

—Es decir, lo haremos si el capitán Shore no tiene nada que objetar.

—¿Y qué pasará si yo objeto? —preguntó Joel.

Mark se echó a reír.

—Si tú objetas algo... iremos de todos modos. Pero tú no recibirás tu parte.

Y el impetuoso Varde añadió:

—Ya contábamos con que usted objetaría.

Mark le mandó callar.

—Eso no es cierto, Joel —dijo—. Tú sabes que desde el principio te hablé del asunto. Estando tú metido en ello, se daban de lado las complicaciones, y todo el asunto resultaría sencillo y sin dificultad... Pero si tú no accedes, nos veremos forzados a tomar medidas que pueden ser reprensibles.

Joel guardó silencio, y Priss, temblando junto a la puerta, pensó con amargura: «Tiene miedo... Él mismo ha dicho que tiene miedo».

Dick Morrell suplicó vehementemente:

—Por favor, capitán Shore. Hay una fortuna para todos. Mr. Worthen le diría a usted que lo hiciera.

Joel repuso:

—Ya dije a Mark Shore desde el principio que no

arriesgaría mi barco en esa empresa. La empresa no está dentro de la ley. Las perlas fueron robadas, y a su alrededor se cometieron varios asesinatos. La mala suerte caerá sobre los que las cojan... y de todos modos hay negros en la isla que evitarán que las encontremos.

—No hay daño en comprobarlo —insistió Morrell.

—Está muy lejos de nuestra ruta. Será un tiempo desperdiciado. Y... los hombres deberían estar pensando en el aceite y no en las perlas.

Mark se echó a reír.

—Quizá —asintió—. Pero los pensamientos de los hombres están ya ocupados en las perlas y no piensan en las ballenas, Joel. No piensan en ellas.

—Dudo que sea cierto lo que dices.

Su hermano saltó irritado:

—¿Me llamas embustero?

—No —repuso Joel con acento amable—. Tú no has sido nunca embustero, Mark.

Priss, al escuchar esto, dio un respingo ante el tono de disculpa que había en la voz de su marido. La joven oyó que Mark reía de nuevo en voz alta, y también oyó la gruesa risotada de Jim Finch. Luego Mark dijo:

—Está bien que recuerdes eso, Joel. Así que... ¿vienes con nosotros, o vamos nosotros sin ti?

Reinó un largo silencio antes de que Joel contestara. Al fin lo hizo:

—Estás tratando de salpicar de sangre el *Nathan Ross,* Mark. Yo no estoy dispuesto a ello, y no lo haré, si puedo evitarlo. De modo que... Pensaré sobre este asunto durante la noche y os daré una respuesta por la mañana.

—Contestará usted ahora —replicó Varde sombríamente—. Hay demasiadas palabras y palabras vacías. Contestará usted ahora.

—Contestaré mañana por la mañana —afirmó Joel como si no hubiese oído a Varde—. Por la mañana. Y ahora... buenas noches, caballeros.

Mark sonrió.

—Una cosa, Joel. Tienes dos rifles y un par de revólveres en el armario de tu camarote. Los tomaré... para evitar esa salpicadura de sangre a la que te has referido.

Priss contuvo el aliento mientras escuchaba... Pero

Joel se apresuró a decir:

—Sí. Aquí está la llave, Mark, y... te hago responsable de las armas.

La muchacha sentía verdadera ira contra Joel por su sumisión. Oyó el tintineo de las llaves y el de las armas cuando Mark las tomó del armario. Al hacerlo dijo a Joel:

—No se apartarán de mis manos. Hasta mañana, Joel, muchacho...

Las llaves tintinearon de nuevo. Mark dijo ahora:

—Te pedimos que permanezcas en esta cámara hasta mañana. Varde estará en la cámara grande para ver si lo cumples así.

—Me quedaré aquí —prometió Joel.

—Entonces... te damos las buenas noches.

Priss oyó el eco en tono bajo que Joel puso a las palabras. Luego la puerta se cerró tras los hombres... y no se oyó más ruido en la cámara contigua.

La joven abrió su puerta. Joel estaba junto a su escritorio con la cabeza caída y una mano apoyada en el abierto cuaderno de bitácora que tenía ante él. Priss anduvo hasta Joel y cuando éste se volvió y la vio, ella se detuvo y le observó con ojos penetrantes, hasta que al cabo, tan suavemente como si hablara consigo misma, dijo:

—«Todos los hermanos fueron valientes», Joel. ¿Eres tú precisamente un cobarde?

Joel no se justificaría ante su mujer. Recordaba la sombreada cubierta debajo del pañol y... a Priscilla en los brazos de su hermano. Alzó un poco su mano derecha y dijo firmemente:

—Vuelve a tu camarote.

Priscilla apartó sus ojos de él, permaneció inmóvil un instante y se dirigió a su camarote con pasos inseguros.

XIV

Joel permaneció inmóvil una hora planeando lo que pensaba hacer. No se rendiría... No podía rendirse aun cuando tuviera deseos de hacerlo, pues rendirse significaría destruir para siempre todo dominio sobre aquellos hombres u otros. No podía rendirse...

Sin embargo, no sentía deseos de luchar, ya que la batalla era sin esperanzas, con sólo la muerte al final de ella, la destrucción de los hombres y la pérdida del barco... La sangre marca a un barco con una mancha que es imposible borrar, y Joel quería a su barco y quería a sus hombres con algo del cariño de un padre hacia sus hijos. Eran sus hijos. Él los conocía. Sencillos y fáciles de arrastrar hacia cualquier aventura...

Durmió al fin un sueño sin pesadillas, y por la mañana, cuando fueron a verle, les dijo lo que pensaba hacer.

—Reúnan a la tripulación en la popa —dijo—. Les hablaré. Veremos cuál es su voluntad.

Mark se burló de él.

—¿Que los reúna, dices? —preguntó—. Querrás decir que voten. ¿Eres el amo del barco o bien el primer concejal que convoca un mitin en alta mar?

—Hablaré a los hombres —insistió tercamente Joel.

Varde, irritado, dio un paso hacia delante.

—Hablará usted con nosotros —dijo—. ¿Sí o no? Ahora. ¿Qué decide?

Se encontraban en la cámara grande. Joel miró a Varde firmemente un instante y a continuación dijo:

—Me voy a cubierta. Ya vendrán ustedes.

Priss, en la puerta de la cámara pequeña, una temerosa y temblorosa figurita, le llamó.

—Joel, Joel, no...

Sin volverse, Joel repuso:

—Quédate en tu camarote, Priscilla.

A continuación pasó entre Varde y Finch, llegando al pie de la escalera, y volviéndoles la espalda, trepó firmemente por la empinada escalera. Varde hizo un movimiento convulsivo como para cogerle por un brazo. Pero Mark le tocó con una mano, le contuvo con su mirada y murmuró algo...

Habían dejado al viejo Hooper en cubierta. Éste y Aaron Burnham estaban al pie de la toldilla cuando Joel los vio. Joel dijo al tercer oficial:

—Mr. Hooper, diga a los hombres que se reúnan en la popa.

Mark había ido hasta allí pisando los talones a Joel, y Hooper pasó su mirada de Joel a Mark para que le confirmaran la orden. Mark sonrió sin la mayor alegría e hizo un signo de aprobación.

—Sí, Mr. Hooper, llame a los hombres —dijo—. Hemos sido convocados a un mitin.

El lento cerebro del viejo Hooper no entendía bien aquella maniobra. Sin embargo, ejecutó la orden, y los arponeros del entrepuente, los hombres del castillo de proa y de la cubierta de proa fueron acudiendo y formaron grupo. Los hombres se colocaron entre los botes, y Joel se dirigió hacia ellos hasta que quedó debajo del pañol de los aparejos. Los oficiales estaban a su alrededor, los arponeros un poco hacia un lado, y Mark, inclinado sobre la borda al otro lado de la cubierta, lo observaba todo, sonriendo... Los revólveres estaban en su cinturón y los rifles apoyados contra la borda. Y él se dedicaba a limpiar la culata de uno de los revólveres mientras observaba y sonreía...

Sin el menor preámbulo, Joel empezó a decir:

—Marineros, los oficiales me dicen que os habéis enterado de lo de las perlas de mi hermano.

Los hombres se miraron entre sí y luego posaron la mirada en los oficiales. Formaban un grupo muy mezclado, con ejemplares de todos los mares, de Cabo Verde, de las Islas; un londinense o dos de los barrios bajos, un francés, dos o tres escandinavos y uno muy estirado que formaba parte del grupo de Nueva Inglaterra. Continuaban mirándose el uno al otro y también miraron a los oficiales con ojos estúpidos e interrogadores. Uno o dos de ellos asintieron llenos de perplejidad. Los de Cabo Verde sonrieron desconcertados. Uno de Nueva Inglaterra dijo:

—Sí, señor, hemos oído ese cuento.

Joel movió la cabeza.

—Cuando mi hermano subió a bordo en Tubuai —dijo tranquilamente— se proponía conseguir que fuéramos a esa isla... Yo no conozco su posición...

Mark gritó desde el otro lado de la cubierta:

—La conoces como la conoce cualquier hombre de a bordo... excepto yo, Joel. Es mi secreto. Comprende...

—Me propuso que hiciéramos rumbo a esa isla —prosiguió Joel— y que él y yo fuéramos a tierra en busca de las perlas sin decir nada sobre ellas.

Varde, que estaba al lado de Joel, alzó la cabeza y miró fríamente a Mark Shore, y uno o dos de los hombres murmuraron algo. Joel se apresuró a decir:

—No saquen prontas conclusiones. Yo no le echo la culpa de nada. Ustedes tampoco deben hacerlo. Las perlas son suyas. Tiene derecho a ellas... Lo que quiero que sepan es que me negué a ir con él y a obtener la mitad de ellas. Hubiera podido conseguir la mitad y me negué... Ahora ha propagado la historia entre ustedes y los oficiales de a bordo dicen que debemos ir todos a buscarlas.

Dejó de hablar mientras los ojos de los hombres permanecían clavados en él; uno o dos asintieron con la cabeza y una voz aquí y otra allá dijo algo en son de aprobación. Joel esperó a que todos se hubieran callado de nuevo y prosiguió:

—Esas perlas... han costado vidas humanas. Por lo menos cinco hombres y una mujer han muerto a causa de ellas. Si las trajéramos a bordo, muchos de nosotros moriríamos, pues nadie estaría contento con su parte. Creo que traerían sangre al *Nathan Ross*, y no siento el menor deseo de que eso ocurra. Pero primero... ¿Cuántos de entre ustedes están en favor de ir a buscarlas?

Un murmullo de asentimiento brotó de muchas gargantas, y Joel miró a sus hombres uno tras otro.

—Por lo menos muchos de vosotros —dijo—. ¿Hay alguno que sea contrario a ir?

Debía de haberlo, pero ningún marinero habló. Por el rostro de Joel cruzó una ligera sombra de pena. Durante un tiempo permaneció bañado por el sol mientras estudiaba a sus hombres. Todos vieron que sus labios habían palidecido. A continuación dijo con voz pausada:

—No iréis. El *Nathan Ross* se ocupa sólo de sus propios asuntos, y las perlas seguirán donde están.

Se irguió con todo su peso y lanzó una mirada hacia su hermano. Estaba dispuesto a dar la batalla. La fuerza de sus palabras podía ser una oportunidad para vencer. Observó a los hombres en cuyas manos yacía la respuesta. Si él pudiera convencerlos...

Unas manos le cogieron por los brazos y Mark sonrió en el otro lado de la cubierta. Finch y el viejo Hooper estaban en un lado y Varde y Morrell en el otro. Después de su primera sorpresa, Joel comprendió que era inútil luchar y se mantuvo inmóvil. Mark atravesó la cubierta sonriendo fríamente.

—Si no quieres ir, Joel, tendremos que inutilizarte —dijo; y dirigiéndose a los oficiales, añadió—: Atadle los brazos detrás.

Joel notó la cuerda que deslizaban por sus codos, que fue apretada y atada a conciencia. El viejo Aaron Burnham se acercó para atarle, y Joel oyó que decía:

—Le ataremos fuerte, capitán Shore. Como a un pollo, señor. Esto es lo que es...

¿Capitán Shore? Aquel debía de ser Mark, que volvía a mandar el barco. Aaron añadió:

—He colocado el cerrojo en la puerta de su camarote, señor. No hace cinco minutos.

Mark sonrió.

—Muy bien, Aaron. Tú y Varde le llevaréis abajo. Varde, tú te quedas en la cabina pequeña. Si intenta huir, me avisas; y... trata a Mrs. Shore con la mayor cortesía.

Varde estaba al lado de Joel, y éste vio la sonrisa irónica que provocó la última frase de Mark. Por un momento el recuerdo de Priss entristeció a Joel. Pero rechazó el pensamiento...

Conducían a Joel a la cabina grande. Varde marchaba delante. Luego seguía Joel, y el viejo Aaron iba inmediatamente detrás, su mano sobre el codo de Joel. Priss los recibió en la cabina pequeña, acurrucada en un rincón, pálida e inmóvil, con las manos en la garganta. Sus ojos se encontraron con los de Joel un instante antes de que Varde hiciera entrar a éste en su camarote. Aaron, detrás siempre, miró a Priss, y la muchacha murmuró con voz ronca:

—¿Está herido?

—No —contestó Aaron sombríamente—. Hemos sido muy amables con él, y no ha hecho la menor resistencia...

Varde hizo entrar a Joel en el pequeño camarote donde estaba su litera, y Joel oyó el ruido del nuevo cerrojo en el otro lado de la puerta. Estaba solo y atado sólidamente...

Antes de abandonar la cubierta, había oído gritar a Mark una orden dirigida al timonel. El axiómetro del techo de la cabina pequeña le dijo que el *Nathan Ross* había cambiado de rumbo de nuevo, en busca de la isla de Mark. Delante de los hombres se había mantenido firme y tranquilo... Pero ahora, solo en su camarote, Joel tiró de sus ligaduras con los dientes apretados. Tiró y luchó... Inútil todo.

¡No! ¡No inútil! Sintió que la cuerda se aflojaba un poco, un poco más... Luego, con un ligero roce, los nudos se aflojaron del todo y Joel pudo quitarse las cuerdas de sus muñecas y manos. Pero las cogió en el aire con los dedos para evitar que el ruido de la caída advirtiera a Varde, que se encontraba al otro lado de la puerta, y... quedó sorprendido de su liberación, levantando las rotas ligaduras y examinándolas atentamente...

Un pequeño hilo había cedido, soltando todo el resto, y allí donde estaba el roto, Joel vio que la rotura había sido hecha con una aguda hoja.

¿Quién? Reconstruyó todos los breves minutos de su captura. ¿Quién? Sólo Aaron Burnham podía haber tenido la oportunidad para ello y la buena voluntad necesaria. El viejo Aaron... Los cuchillos de Aaron tenían siempre un filo incisivo. Si los pasaba un momento por una cuerda tirante...

Aaron le había libertado. Aaron...

Joel recordó algo más. Las palabras de Aaron a Mark en cubierta. «He colocado el cerrojo en la puerta de su camarote.»

Aaron había colocado el nuevo cerrojo, que era el único obstáculo entre él y la cabina donde Varde permanecía de guardia. Aaron había puesto el cerrojo y Aaron había cortado sus ligaduras. Por lo tanto, el cerrojo debía de estar flojo y se podría eliminar fácilmente. Éste debía de ser el plan de Aaron. Un solo empujón debía abrir el camino...

Se volvió hacia la puerta. Luego recapacitó, retrocedió, cayó sobre la litera y permaneció allí planeando lo que debía hacer.

XV

El descubrimiento de la lealtad de Aaron resultó inmensamente consolador para Joel. Si Aaron era leal, otros podrían serle también. Debía de haberlos. No todos los hombres son falsos...

Joel se preguntó quiénes serían. Pasó revista a los hombres uno por uno, desde los oficiales hasta el más humilde marinero. Finch y Varde estaban sin duda contra él. El viejo Hooper... él y Aaron eran amigos, y los otros oficiales habían realizado sus movimientos sin duda a espaldas de Hooper. El viejo Hooper podía estar, sin llegar a la pasión, al lado de Joel...

El viejo Hooper y Aaron. Dos. ¿Dick Morrell? Un muchacho arrastrado por el asombro y el hechizo del relato de Mark, inclinado fácilmente hacia cualquier bando. Joel pensó que no debía sentirse arrastrado al lado contrario de la ley. Pero... no podía contarse con él. Y de los otros, ¿qué?

Joel se había traído del *Martin Wilkes* su propio arponero. Un gran isleño negro, un hombre decente... Allí existía una probabilidad. Además de él había tres hombres que hacía mucho tiempo que servían a Asa Worthen. Una cantidad incierta. Posibilidades en todas partes...

Pero... debía obrar rápidamente. No tenía tiempo para sondearlos. Cuando le trajeran su comida a las doce descubrirían que no estaba atado. Entonces serían más cuidadosos. Tenía tres horas ante él.

Se dedicó a escuchar con aguzados oídos, a fin de adivinar lo que sucedía en la cubierta y poder elegir su momento. Debía esperar tanto como fuera posible esperar. Debía esperar a que los hombres tuvieran la sangre menos agitada después de la crisis de la mañana. Debía esperar a que hubiesen recapacitado.

Pero siempre quedaba la posibilidad de que Mark bajase. No debía esperar demasiado.

Oía los pies que se movían en cubierta, encima de su cabeza. Para el *Nathan Ross,* el tiempo había empeorado con el cambio de ruta. El viento era fuerte y de cuando en cuando la espuma de las olas trepaba a bordo. Oía a Jim Finch, que gritaba órdenes... Oía la risa de Mark. Mark y Jim se hallaban en popa, precisamente sobre su cabeza.

En la cámara se encontraban algunos hombres. El rumor de sus pies y el murmullo de sus voces llegaban hasta él. Dick Morrell y el viejo Hooper quizá...

A través de estos hombres llegó el momento que Joel esperaba. Finch los llamó desde cubierta... Mark había decidido acortar velas y aliviar la tensión de los viejos mástiles. Joel oyó que Morrell y Hooper subían a cubierta...

Esto significaba que la mayoría de los hombres estaban en la arboladura... Las cubiertas se hallarían despejadas. Su oportunidad... Hubiera deseado saber en dónde se encontraba Varde. Pero esto no podía ser y tampoco podía adivinarlo por el oído. Así que cogió una manta de la litera, la extendió con ayuda de sus manos, retrocedió... y se lanzó contra la puerta del camarote.

Ésta se abrió tan fácilmente que perdió el equilibrio y por poco si cae al suelo. Los tornillos habían sido colocados en agujeros tan anchos que no sujetaban nada. Una vez recuperado el equilibrio, Joel vio a Varde en el tapizado sofá que corría a lo largo de la popa. El oficial estaba leyendo un libro que había cogido del estrecho estante de Joel. Al ver a éste permaneció un instante paralizado por la sorpresa...

Aquel instante le bastó a Joel. Echó la manta sobre el hombre y ahogó sus gritos con ella; luego le aferró con las manos, le sacudió y le aporreó la cabeza hasta que el oficial abandonó su lucha espasmódica. Priss había oído el ruido de la lucha, salió de su camarote y se inclinó sobre ellos. Joel se enderezó entonces, la vio y dijo en voz baja:

—Vete a tu camarote.

La joven respondió lastimosamente:

—Quiero ayudarte. Por favor...

Joel sacudió la cabeza.

—Ésta es tarea mía. Rápido.

Priscilla desapareció al instante.

Joel entonces levantó a Varde y le llevó al camarote donde él había permanecido cautivo, y allí, con las cuerdas con que habían atado sus propios brazos, ató a Varde muñecas y tobillos. Luego rompió la manta e introdujo un trozo de ella en la boca de Varde, sujetándolo con un pañuelo... Los ojos de Varde se abrieron al fin, y Joel le dijo:

—Debo dejarle aquí por ahora. Hará bien en permanecer tranquilo.

Dejó al hombre tendido en el suelo y saliendo a la cámara pequeña buscó el cerrojo y los tornillos esparcidos por el suelo a consecuencia de su empujón. Puso el cerrojo en su sitio, metió los tornillos en los agujeros y echó el cerrojo... No quedaba ninguna huella de su huida.

Priss se hallaba en la puerta de su camarote. Sin mirarla, Joel abrió la puerta que daba a la cámara grande. Este departamento se hallaba vacío, tal como él esperaba. La escalera llevaba a cubierta...

Pero no pudo subir por ella. Mark y Jim Finch se encontraban en la parte alta de la escalera. Él estaría en desventaja si intentaba arrojarse sobre ellos desde abajo. Así que debía llegar a cubierta antes de que ellos le vieran.

Cruzó la cámara hasta llegar a un armario, lo abrió y sacó de él los dos pares de esposas que había en él, esposas de muelle que se cerraban sin llave... Joel se metió un par en cada bolsillo de su chaqueta.

Había una puerta que se utilizaba rara vez en la cabina mayor y que daba a un pasillo, el cual conducía a su vez, trazando una curva, al rancho donde dormían los arponeros. Joel llegó hasta la puerta, quitó el pestillo y entrando en el pasillo, cerró la puerta tras él.

El pasillo estaba muy oscuro, pues no tenía ninguna

luz, y la balanceante lámpara que había en el rancho no enviaba sus rayos tan lejos. El *Nathan Ross* se movía pesadamente en medio del mar, y Joel daba sus pasos con sumo tiento, avanzando por el pasillo con las manos apoyadas en las paredes. El camino era corto, apenas media docena de pies. Pero Joel tardó en cubrir aquella breve distancia, deteniéndose con frecuencia para escuchar. No tenía deseos de encontrar a los arponeros en sus estrechas literas.

Oyó al fin el ahogado rumor de un ronquido, de modo que recorrió las últimas pulgadas de su camino más rápidamente. Cuando pudo mirar en el interior del departamento, vio que dos de los hombres se hallaban en sus literas, en apariencia dormidos. El negro que él se había traído del otro barco no se encontraba allí. Joel se sintió contento al pensar que se hallaría en cubierta, contento de poder alentar las esperanzas de poder contar con su ayuda...

Con pasos tan lentos que parecía una sombra en la semioscuridad, avanzó hasta el pie de la escalerilla que llevaba a cubierta. Los hombres tumbados en sus literas dormían aún. Empezó a trepar... El barco se balanceaba pesadamente, así que se vio obligado a asirse con fuerza a la escalerilla... Uno de los dormidos se removió y Joel se quedó helado en donde estaba, esperando durante segundos inacabables a que el hombre se quedara quieto de nuevo.

Trepó hasta que su cabeza estuvo a nivel de la cubierta, aunque todavía oculta por el reborde final de la escalera. Permaneció allí inmóvil, porque los últimos pasos hasta cubierta debían ser dados de una vez, tan rápidos que ninguna interferencia fuera posible...

Por fin los dio: uno, dos, tres. Se halló en cubierta y miró hacia la popa.

Mark y Jim Finch se encontraban a menos de diez pies de distancia. Finch estaba vuelto de espaldas. Pero Mark vio a Joel instantáneamente y Joel observó que la boca de Mark se abría en una ancha y maligna sonrisa de placer.

XVI

En el momento en que Joel llegó a cubierta, los otros hombres a bordo del *Nathan Ross* se hallaban ampliamente dispersos.

Varde, el segundo oficial, estaba atado e indefenso en la cabina. Dos de los cuatro arponeros se encontraban en sus literas durmiendo. La mayor parte de la guardia estaba seguramente abajo, en el castillo de proa, y el resto de la tripulación, bajo la vigilancia de Dick Morrell, se dedicaba a acortar velas. En la parte de popa se hallaban sólo Mark Shore, Finch, un marinero en el timón, el viejo Aaron Burnham y el cocinero. De éstos, Mark, Jim y el timonel estaban a la vista cuando Joel apareció, y sólo Mark le vio.

Joel observó la sonrisa de su hermano y permaneció inmóvil un instante, dispuesto a recibir un ataque.

Pero no hubo ningún ataque. Echó una ojeada y vio que no podía temer ninguna interferencia procedente de cualquier dirección, así que avanzó con paso tranquilo hacia los hombres de popa. La ancha espalda de Jim Finch se encontraba a menos de seis pies de él...

Es imposible explicar lo que mantuvo inmóvil a Mark Shore en aquel instante. Quizá fuera que su temerario espíritu deseaba ver lo que Joel se proponía hacer; o quizás el desprecio que sentía ante la servil adulación de Jim Finch; o acaso una admiración no admitida hacia el coraje de Joel...

De todos modos, mientras Joel avanzaba, Mark permaneció quieto y sonrió, sin advertir nada a Finch. Así que cuando Joel tocó el codo de su primer oficial, Finch se volvió con una exclamación de sorpresa y terror y en su primer pánico intentó retroceder. Mark siguió sin moverse. El hombre del timón lanzó una exclamación, miró rápidamente a Mark en busca de órdenes y escuchó lo que éste le dijo. Finch fue dejado solo y sin ayuda para que hiciera frente a Joel.

Joel no persiguió al primer oficial, que retrocedía. Llegó hasta la borda, donde se encontraban los botes balleneros, y llamó a Finch en voz baja.

—Mr. Finch, venga aquí.

Finch se había retirado hasta que sus hombros chocaron contra el mamparo. Una vez allí apoyó las manos contra la madera que había tras él y miró a Joel con ojos dilatados. Joel repitió de nuevo:

—Venga aquí, Mr. Finch.

La serenidad de Joel, su determinación y la confianza que había en su tono, asustaron a Finch, que exclamó súbitamente:

—¿Cómo ha podido llegar hasta aquí, capitán Shore? ¡Cójanle! ¡Átenle! Tú... Aaron...

Se dirigía al hombre del timón y al viejo Aaron, que había aparecido en el umbral del pequeño pañol donde guardaba sus herramientas. Pero nadie se movió. Mark Shore, sonriendo, miró a Finch y a Joel, y Finch gritó:

—Capitán Shore, vamos. Cójanle.

Joel repitó por tercera vez:

—Venga aquí, Finch.

Finch extendió una mano hacia Mark, en ademán de súplica. Pero Mark sacudió la cabeza.

—Este es asunto suyo, Finch. Vaya a cogerle usted mismo. Está esperándole, y tiene usted dos veces su tamaño.

Hay que hacerle justicia a Finch. Con un apoyo moral tras él, hubiera podido con Joel de un simple manotazo. Sin este apoyo, hubiera hecho frente a un ataque razonable. Pero había algo irónico en los movimientos de Joel, en su tono y en su ademán que dejaba estupefacto a Finch. Sentía que estaba tanteando en la oscuridad. El motín debía de haber fracasado... Había sido tan sólo una trampa para cazarle a él... Estaba solo... contra Joel, y sin nadie que le apoyase...

El valor de Finch no era de la clase del valor solitario.

Dio un lento paso hacia Joel, y aquello suponía ya la rendición.

Joel permaneció inmóvil, pero sus ojos se mantenían fijos en los del hombre. Dijo en tono apremiante:

—Rápido, Finch.

Finch dio otro paso titubeante, y otro.

Joel introdujo su mano en el bolsillo de su chaqueta y sacó un par de esposas, que lanzó hacia Finch; el primer oficial se encogió y las esposas le dieron en el cuerpo y cayeron en cubierta. Finch las miró y miró a Joel. Éste dijo:

—Cójalas. Meta una en su muñeca derecha. Luego ponga sus brazos alrededor del pescante, ahí, y enganche la otra...

Finch sacudió la cabeza asombrado, como si intentase comprender, y de pronto, en un impulso de honrada ira, se puso rígido y se dispuso a atacar a Joel. Pero éste no hizo ningún movimiento ni de retirada ni para hacer frente al ataque, y Finch, como un oso enorme y vencido, se detuvo de nuevo, se agachó lentamente y recogió las esposas... Con ellas en la mano miró de nuevo a Joel, y durante un largo momento sus miradas se enfrentaron. Entonces Joel se adelantó, tocó a Finch ligeramente en el brazo y le guió hacia la borda. Finch no ofrecía la menor resistencia. La ira se había esfumado en él.

Joel pasó los brazos de Finch alrededor del pescante y enganchó los hierros en sus muñecas. Finch quedaba sujeto allí, fuera de cualquier acción que pudiera producirse más tarde. Y Joel apretó los labios aliviado. Luego retrocedió.

Entonces vio que parte de la tripulación se había enterado y que tres o cuatro marineros estaban reunidos entre los botes, cerca de las calderas. Los dos arponeros se encontraban allí; uno de ellos era el negro que Joel se había traído del *Martin Wilkie*, en el que tenía puesta alguna fe. Miró a aquellos hombres un instante, preguntándose si estarían dispuestos a atacar...

Pero no se movían, no avanzaban hacia él, y Joel sospechó que se sentían tan estupefactos como Finch por lo que había sucedido. Desde el momento que los hombres de popa le dejaban libre, es que no intervenían. No comprendían lo sucedido y, sin comprenderlo, se sentían indefensos

Joel les volvió la espalda y miró hacia Mark.

Mark Shore había presenciado el encuentro de Joel con Finch francamente divertido. Tales incidentes le complacían, recreando su amor por las acciones osadas y fuertes de la vida. Y había sonreído.

Pero ahora Joel vio que Mark había retrocedido un poco, quizá por casualidad. Se encontraba detrás del timonel, detrás del lugar donde se hallaba Aaron Burnham. Permanecía en pie junto a la borda, en popa, en el estrecho corredor que va de proa a popa...

Las pistolas seguían en su cinturón y los dos rifles, apoyados en la borda a su lado. Mark se mostraba muy tranquilo, los brazos caídos, las manos descansando ligeramente sobre sus caderas y los pies separados. Se movía a compás del movimiento del barco, guardando el equilibrio con la inconsciente naturalidad adquirida con la larga costumbre.

Joel avanzó hacia él sin la menor prisa. Pasó ante el viejo Aaron sin dirigirle la palabra, pasó ante el timonel y se enfrentó con su hermano. Los separaban escasamente dos pies cuando se detuvo, y no había nadie lo suficientemente cerca para que pudiera oír sus palabras pronunciadas en voz baja, que eran ahogadas por el ruido del mar y el silbido del viento.

Joel dijo:

—Mark, has cometido una equivocación, una terrible equivocación al iniciar este motín.

Mark sonrió lentamente.

—Eso es una frase dura, Joel. Me parece que si esto es un motín, es de una clase muy pacífica.

—Sin embargo, es un motín —replicó Joel—. Lo es, y también una equivocación, y... tú eres lo bastante sensato para darte cuenta de ello. Aún es tiempo de remediar la cosa. Puede ser olvidada.

Mark sonrió.

—Si es así, entonces es que posees una memoria muy acomodaticia, Joel.

Las mejillas de Joel se encendieron lentamente y el joven contestó:

—Estoy deseoso de olvidar... lo que representa una vergüenza para la Casa de Shore.

Mark echó hacia atrás la cabeza y rió en voz alta.

—Dios te bendiga, muchacho —exclamó—. No es una vergüenza para ti ser víctima de nuestra superioridad numérica.

Pero en su tono había un anuncio de que se sentía un poco emocionado, y Joel insistió con firmeza:

—No es mi propia vergüenza lo que yo temo.

—¿La mía, entonces? —preguntó Mark en tono de reto.

—Sí —repuso Joel—. La tuya.

Mark se inclinó hacia él con un burlón brillo de cólera en sus ojos y dijo con voz ronca:

—Ya has hablado demasiado para ser un hombre pequeño. Permanece silencioso y ve abajo.

Joel esperó un instante. Luego sus hombros se estremecieron como si diera comienzo a una gran carrera, avanzó una mano y dijo con voz tranquila:

—Entrégame las armas, Mark.

Mark le miró y rió en voz alta.

—Eres inmenso, muchacho —exclamó—. Esa fría resolución... —Sus ojos rezumaban franca admiración—. Joel, fíjate en esto —gritó señalando con su cabeza al cautivo Finch—. Tú has inmovilizado a mi primer oficial. Te doy su empleo. Eres el primer oficial del *Nathan Ross,* y me siento orgulloso de contar contigo...

—Yo soy el capitán del *Nathan Ross* —replicó Joel—. Y tú eres mi hermano y un... amotinador. Dame las armas.

Mark, irritado, levantó una mano.

—No atiendes a razones. Así que... vete abajo y permanece allí. Tú...

Hay pocos hombres que puedan estar con los pies inmóviles sobre el suelo y asestar un golpe abrumador. Pero esto fue justamente lo que Joel hizo. Cuando Mark comenzó a hablar, las manos de Joel colgaban inertes a lo largo de sus costados. Con la última palabra de Mark, la mano derecha de Joel se alzó con tanta ligereza como un látigo y dio de lleno en la delgada mandíbula de Mark, produciendo un ruido semejante al de un látigo. La mano fue a caer sobre el borde de la mandíbula, en el lado izquierdo, y la cabeza de Mark se inclinó hacia atrás y sus rodillas se doblaron, cayendo débilmente hacia delante y en los mismos brazos de Joel.

Las manos de Joel estuvieron en el cinturón de su hermano mientras éste caía. Sacó las pistolas, luego dejó que Mark resbalase hasta la cubierta y pasando por encima del contraído cuerpo cogió los dos rifles y los arrojó, junto con las dos pistolas, por encima de la borda.

El espléndido cuerpo de Mark había comenzado ya a recobrarse del golpe. Luchaba por erguirse, y al ver lo que Joel estaba haciendo, gritó:

—¡No seas tonto, muchacho! Guárdalos. ¡Diablos!

Porque las armas habían desaparecido. Joel se volvió, le miró y repuso con voz sosegada:

—Mientras yo pueda remediarlo, no se derramará sangre en mi barco.

Mark alzó una mano hacia el combés del barco; Joel miró y vio allí un creciente grupo de hombres irritados.

—Los ves, ¿verdad? —preguntó Mark—. Están deseosos de sangre. No está en tus manos, Joel. Has arrojado tu as. Y ahora, muchacho, ¿qué piensas hacer?

Los hombres empezaban a acercarse a popa a todo lo ancho de la cubierta.

XVII

El relato de aquella batalla sobre las bamboleantes cubiertas del *Nathan Ross* fue algo que se contó muchas veces en los ambientes balleneros. Era una historia tan fuerte como les gusta a los hombres, una historia de luchas singulares, de combates épicos y de espléndidas muertes en medio de ríos de sangre ardiente y fuerte...

Había una decena de hombres en el grupo que se adelantó hacia Joel, y cuando llegaron, otros salidos del castillo de proa o que habían descendido del aparejo, se unieron a ellos. Todos los hombres estaban borrachos por la visión de riquezas que habían imaginado a consecuencia de la historia de Mark Shore. La historia había ido creciendo a medida que era relatada, alimentada por la avidez natural de los hombres, y ahora era algo monstruoso que no podía ser contradicho... Los hombres, mientras avanzaban hacia popa, producían gruñidos con su aliento medio contenido, y aquellos sonidos se mezclaban a un rezongueo que era como el rezongueo de una bestia.

Haciendo frente a aquellos hombres se encontraba Joel. Por un instante estuvo solo. Luego, sin mediar palabras, el viejo Aaron tomó su puesto junto al capitán. Aaron sostenía en sus manos una azuela. El filo de la azuela era lo bastante agudo como para hacer polvo cual si fuera queso la madera más dura. Al otro lado de Joel se colocó el cocinero, un hombre obeso que llevaba encima grasientas muestras de su oficio. Blandía una pesada hacha. Existe una antigua enemistad entre la cocina y el castillo de proa, y los marineros saludaron la aparición del cocinero con un voraz grito de júbilo.

Joel miró a aquellos nuevos aliados y vio sus armas. Entonces tomó la azuela de manos de Aaron y el hacha de manos del cocinero y arrojó ambas por la borda, y en el momento de silencio que siguió a esta acción, dijo a la tripulación:

—Volved todos a vuestros puestos.

Los marineros refunfuñaron entre ellos. No pronunciaban palabras, pero sabían lo que deseaban. El cocinero, junto al codo de Joel, se lamentó:

—Yo podía usar esa hacha.

—No quiero que se derrame sangre —replicó Joel—. Si hay lucha, será sólo con los puños...

Mark tocó a Joel ligeramente en el hombro y tomó su puesto junto a él. Sonreía con sonrisa torcida por encima de la hinchazón de su mandíbula. Y en tono ligero, añadió:

—Si se trata de los puños, Joel, creo que lo más seguro es que yo luche junto a ti.

Joel le lanzó una rápida mirada, se pasó la mano por los ojos y asintió con la cabeza.

—A la larga contaba con esto, Mark —repuso.

Mark cogió el brazo de su hermano y lo apretó, y en aquel instante la antigua y no expresada enemistad entre los hermanos murió para siempre. Ambos se enfrentaron a los amotinados.

Uno aulló como un lobo:

—¡Nos ha engañado! ¡Nos ha engañado!

Y otro:

—Van a estropearlo todo. Los dos.

El pequeño mar de rostros crispados y llenos de muecas avanzó. Los hombres, que eran más de diez, atacaron a los cuatro.

Un momento antes Joel se había fijado en el joven Dick Morrell, que estaba en un lado atormentado por la indecisión, y en el instante en que los hombres empezaron a moverse dijo:

—¡Con nosotros, Mr. Morrell!

Fue una orden, no una pregunta; el muchacho contestó con un grito y un golpe. Desde el flanco de los amotinados corrió hacia ellos. Y también el arponero de Joel y uno de los viejos hombres de Asa Worthem, que con el joven formaron un triunvirato luchador...

Ya eran siete contra diez. Pero siete hombres buenos, mientras que la decena no era más que chusma...

Al principio se luchó sólo con los puños, como Joel había prometido. La primera línea atacante cayó sobre ellos, y el viejo Aaron fue alcanzado, mientras luchaba como un gato, siendo aplastado y dejado indefenso en un instante. El obeso cocinero corrió hacia su cocina, cogió allí un cuchillo y se hizo fuerte junto a la puerta, atacando los flancos de los que pasaban ante su plaza fuerte. Joel hizo caer al primer hombre que llegó hasta él y lo mismo hizo Mark. Pero otro se agarró a las piernas de Joel y éste no pudo libertarlas, pues no tenía tiempo de agacharse para rechazar al individuo.

Él y Mark permanecieron de espaldas uno contra otro durante un momento. Pero Mark no era un luchador que se mantuviera a la defensiva. No podía permanecer inmóvil esperando el ataque, y cuando su segundo hombre cayó, soltó el retorcido cuerpo y atacó a un grupo. Tenía el cabello alborotado, sus ojos despedían chispas, y sus largos brazos trabajaban como émbolos y como desolladores. Era el centro de un grupo que se balanceaba, se disolvía y se formaba de nuevo. Su cabeza descollaba por encima de todas.

El hombre que había agarrado las piernas de Joel sacó una mano y empezó a lanzar golpes desde abajo contra el cuerpo del mismo. Éste no pudo soportarlos, se inclinó y recibió una lluvia de bofetones en su cabeza y en sus hombros mientras cogía al atacante por el cuello, le levantaba del suelo y le arrojaba lejos. Quedó libre y tambaleante, apoyando la espalda contra el mamparo de la cocina, y cuando se movió para evitar otro ataque, encontró espacio en la puerta de la cocina. El obeso cocinero permanecía acurrucado tras él:

—¡Yo protegeré sus piernas, capitán! Deles hierro, señor. Deles hierro.

En una ocasión, Joel, al mirar hacia abajo, vio que el cuchillo del cocinero actuaba como una llama entre sus rodillas... Nadie se atrevería a cogerle las piernas.

El arponero negro se abrió paso a través de la cubierta hasta llegar al lado de Joel, dejando tras él un rastro de cuerpos retorciéndose, mientras sonreía con enorme placer.

—Ahora, señor, nos encargaremos de ellos —gritó. El sudor se deslizaba por sus negras mejillas y en su boca había un corte por el que sangraba. Su camisa estaba rota y por ella asomaba un hombro y un brazo.

—¡Buen hombre! —exclamó Joel entre golpe y golpe—. ¡Buen hombre!

Al otro lado de la cubierta, uno que blandía un tortor lo dejó caer sobre la morena cabeza del joven Dick Morrell. Éste le hizo un quiebro, pero el golpe le rompió el hombro y le hizo caer sobre la cubierta. El individuo que luchaba junto a él se despatarró sobre el postrado cuerpo, cogió un hierro del barco que había a su espalda y lo manejó como una lanza a fin de mantener a los hombres a distancia. Un cuchillo voló por el aire y le dio en un ojo, de modo que cayó inmediatamente y quedó inmóvil.

Mark Shore estaba acorralado contra la borda, cerca de donde Jim Finch estaba sujeto. El gran Finch aullaba y lloraba de terror. Un hombrecillo de la tripulación con ruin alma de rata y que odiaba a Finch había encontrado su hora. Se hallaba junto al segundo de a bordo pegándole despiadadamente con un pesado cabo de cuerda, y Finch gritaba y se retorcía bajo los golpes.

Tan rápidamente se organizó el tumulto de la batalla que todo pasó antes de que los arponeros dormidos en el rancho de la tripulación tuvieran tiempo de despertarse y subir a cubierta. Cuando treparon por la escalera y miraron alrededor, vieron que Morrell y su amigo estaban en el suelo en un lado. Joel y el cocinero, parapetados en la puerta de la cocina, luchaban contra media docena de hombres; y el gran Mark se hallaba con la cabeza sobresaliendo en medio de un corro formado por media docena de hombres más. Y uno de los arponeros se dirigió hacia el combés, observador y cauteloso, sin tomar parte en la lucha.

Pero el otro... era de Cabo Verde, sangre negra mezclada con sangre portuguesa, y Mark Shore le había atado una vez a un pescante y dado de latigazos hasta hacerle sangrar por algunas faltas cometidas. Ahora vio a Mark y sus ojos brillaron de alegría.

Este hombre se agachó y cruzó hasta llegar a un bote, el suyo, donde cogió su propio arpón. Luego retiró la vaina de madera que cubría la punta y la arrojó sobre cubierta. Hecho esto, colocó cuidadosamente el pesado hierro entre sus manos y echó a andar lentamente hacia Mark, caminando de puntillas, ligero como un gato.

Mark le vio venir y gritó alegremente:

—¡Vamos, Silva! ¡Ven aquí!

Apartó a los hombres que le rodeaban. Uno de ellos llevaba aún el tortor con que había atacado a Morrell; Mark le dio unos cuantos puñetazos en el cuerpo, y cuando el hombre se dobló, arrancó de su mano la gran porra, que cogió adecuadamente y saltó para hacer frente al arponero.

Se encontraron en mitad de la cubierta. El gran tortor trazó un círculo en el aire y Silva cayó como un huevo aplastado por un pie.

Mark le miró inmóvil un instante, pero en aquel momento todos los hombres vieron que el arpón de Silva había llegado a su destino. Su pesado mango se arrastraba por la cubierta. Colgaba enganchado en el pecho de Mark, a la altura de su hombro derecho, y la punta le salía seis pulgadas por detrás de la espalda. Parecía arrastrarle. Mark se inclinó lentamente bajo su peso y acabó cayendo al fin, atravesando el cuerpo del hombre cuyo cráneo había aplastado con el tortor.

Allí se encontraban en aquel momento hasta una docena de hombres todavía en pie. Pero en el instante en que se paralizaron, dos cosas los sorprendieron: dos furias... Dick Morrell, andando sobre sus inseguros pies y blandiendo una lanza con punta de navaja de diez pies de larga. Llegó hasta los marineros desde el flanco gritando. Y Joel, que cuando vio a su hermano caer, abandonó su refugio de la puerta de la cocina y cayó sobre ellos. El grueso cocinero, con su cuchillo, le siguió, luchando noblemente a su lado.

Los amotinados se desmoralizaron, huyendo por donde les fue posible, y Joel, Morrell y el cocinero los persiguieron a través del combés más allá de las calderas, hasta que descendieron por la escalera del castillo de proa y se acurrucaron en sus literas, donde comenzaron a aullar.

Una docena de cuerpos inertes yacían tendidos sobre cubierta, cuerpos de hombres que gemían, con cabezas que les dolerían y les pesarían durante días... Joel dejó a Morrell guardando el castillo de proa y volvió hacia ellos, pasando rápidamente de hombre en hombre... Silva estaba muerto. Los otros no morirían, pero sí Mark. La lanza le había atravesado el pecho y roto un pulmón.

XVIII

Mark murió aquella noche, y estuvo sonriendo hasta el último momento. Pudo hablar de cuando en cuando hasta el final. Y Joel y Priss estuvieron a su lado consolándole y escuchándole...

En una ocasión, el moribundo dijo a Joel:

—Te diré... dónde están las perlas.

Joel sacudió la cabeza.

—No las quiero —repuso—. Han hecho derramar bastante sangre como para tornarlas escarlata. Déjemoslas tranquilas.

Mark sonrió y asintió débilmente.

—Bien, muchacho... Déjemoslas tranquilas... —Sus ojos brillaron al mirarles y no tardó en murmurar—: Ha sido... una lucha digna de ser contada, Joel...

En aquellas horas pasadas junto a Mark, Priss completó su transición de muchacha a mujer. Se mantenía tranquila y callada. Pero no lloraba y respondía a las sonrisas de Mark, y Mark, observándola, pareció recordar algo ya hacia el final. Joel vio que sus ojos hacían señas y se inclinó sobre su hermano. Mark murmuró entonces débilmente:

—Quiere mucho... a Priss, Joel. Se lo merece... La besé, pero ella me rechazó...

Joel cogió la mano de su hermano.

—Ya me di cuenta de que no había agravio ni en ti ni en ella. No te preocupes, Mark...

Cuando el viejo Aaron hubo cosido la mortaja de lienzo, colocaron a Mark en la plataforma y Joel leyó pasajes del Libro mientras los hombres permanecían en pie y en silencio. Hombres heridos, con las cabezas vendadas y los brazos en cabestrillo. A un lado estaba el obeso Jim Finch con expresión avergonzada. Varde, sombrío como siempre, aunque con el arrepentimiento escrito sobre su rostro. Morrell y el viejo Hooper...

Joel concluyó y cerró el libro.

—Hacia las profundidades —dijo.

La plataforma fue ladeada y la ola subió, abrazó el cuerpo y se lo llevó suavemente... El sol brillaba en lo alto, el mar cabrilleaba y el aire era tibio sobre las suaves mejillas de Priscilla.

Y, como si una vez concluido el breve y dramático capítulo, otro tuviera que dar comienzo inmediatamente, el hombre de guardia en el mástil gritó a Joel el largo grito de advertencia.

—¡Ahhhhh! ¡Ballenaaaa!

Y extendió su brazo hacia donde se alzaba una neblina bajo el sol, a una milla o dos de distancia. Minutos después las lanchas balleneras fueron arrojadas al agua y el *Nathan Ross* se dedicó de nuevo a su tarea.

Joel escribió en el cuaderno de bitácora aquella noche, teniendo a Priscilla, que le acariciaba los cabellos con los dedos, junto a él. Priscilla se había mostrado muy humilde hasta que Joel la tomó en sus brazos y la consoló...

Anotó la posición del barco, la captura, aquel día, de un gran cachalote macho y a continuación escribió:

«...Hoy ha sido lanzado al océano Mark Shore. Murió anoche, a última hora, debido a heridas recibidas luchando valientemente para poner fin al motín de la tripulación. Es el cuarto hermano de la Casa de Shore.»

Y debajo, el antiguo y consabido epitafio:

«Todos los hermanos fueron valientes.»

Priscilla, leyendo por encima de su hombro, señaló la línea y murmuró con acento de pena:

—Pero yo te llamé cobarde, Joel. —Éste levantó la cabeza, la miró y sonrió ligeramente—. Ahora sé mejor a qué atenerme —continuó la joven—. Así que... dame la pluma... y cierra los ojos.

Joel oyó el suave rumor del acero sobre el papel y cuando abrió los ojos vio que Priscilla había subrayado con tres profundas rayas la primera palabra de aquella honorable frase.

Black Pawl

I

Spiess, un haragán de nacimiento que nunca aprendería a navegar, realizó chapuceramente su sencilla tarea de echar al agua el bote del segundo de a bordo. Black Pawl, patrón del barco, estaba cerca y dio un sopapo al hombre. El sopapo fue bastante amistoso, y Black Pawl rió al administrarlo. Sin embargo, arrojó al suelo a Spiess. El marinero se levantó murmurando, y Red Pawl, el hijo del capitán y su segundo, dijo vivamente a su padre:

—Yo manejo mi bote y mis hombres. Déjalos tranquilos.

Black Pawl rió de nuevo.

—¡Caramba, muchacho! —exclamó—. Si supieras tu obligación, habrías instruido a Spiess antes de esto. Ha estado treinta meses en tus manos.

—Mantén tus puños apartados de mis hombres —repitió sombríamente Red Pawl.

Black Pawl puso ceño.

—Aparta tu bote —ordenó—, y no digas nada más.

Habían estado trabajando en la bahía aquella mañana, atravesando los intrincados pasajes entre las islas y los arrecifes, con una facilidad que demostraba que Black Pawl conocía a fondo su oficio. Y no porque la cosa fuera difícil. Hay siempre sitio e incluso sobra. Pero un hombre ignorante podía muy bien haber tomado un atajo a través del agua azul, tropezando con un islote. Black Pawl no era un ignorante, por lo menos en lo que se refería a aquellas aguas. Había realizado aquella tarea de anclaje sus buenas diez veces en los años que llevaba de navegación.

Donde a la sazón se encontraba la goleta, se extendía la belleza, la inmensurable y prolífera belleza de los trópicos que llamaba a todos los sentidos que poseía un hombre. Los ojos se embriagaban con ella; el aire estaba impregnado con una pesada fragancia que acariciaba el olfato; las bocanadas de brisa traían débiles y lejanos cantos de pájaros y también las tonadas de los indígenas, mezclándolo todo en una sinfonía que era acompañada por los murmullos del mar. El toque del sol y el del aire entibiado por el sol era tan acariciador como el contacto de la mano de una mujer, y para el quinto sentido de los hombres, espoleado por el aire salino y por la vulgar mesa del mar, las frutas que los indígenas trajeron resultaron un inefable placer. La belleza tenía alimento para los ojos, los oídos, el olfato, el tacto, el gusto... y este último era el que sobrepasaba a todos.

Las islas eran pintorescas, densamente arboladas y agradablemente salpicadas por escarpados acantilados y trozos de roca desnuda. Poseían una apariencia de permanencia y fuerza que era bien recibida por los ojos que habían estado contemplando durante mucho tiempo atolones de coral que apenas surgían del mar. La bahía donde se encontraba la goleta estaba perfectamente protegida. A una milla de distancia se veía la playa, blanca como nieve plateada. A izquierda y derecha, protectores brazos de tierra se adentraban en el mar, con vegetación hasta el mismo borde. A lo largo de la playa estaban alineadas unas cuantas casas de indígenas, medio escondidas entre naranjos y palmeras. Todos los que lo hayan visto reconocerán el lugar. Era el grupo Vau Vau, a unas diez millas más o menos de lo que pasaba por la «ciudad».

Las canoas de los indígenas se dirigían en enjambre hacia la goleta y los isleños reían y gritaban como niños, como niños anhelantes de entablar amistad. Sus estrechas canoas, con su pronunciado escoramiento, iban completamente llenas de fruta y provisiones para abastecer a una flota. No había necesidad de preocuparse por la comida. En cuanto los isleños vieron que los de la goleta se mostraban amistosos, las provisiones fueron subidas a bordo. Enormes naranjas, grandes racimos de plátanos dorados y verdes, piñas enracimadas, un pollo o dos. Un hombre que reía subió a bordo un cerdo con las patas atadas con tiras de fibra. El animal le colgaba de la cintura y gruñía y gruñía sin cesar, mientras pataleaba desesperadamente.

Aquélla era gente no echada a perder. Vivían en una tierra ubérrima, donde abundaba la leche y la miel. Pero no había perlas ni tesoros que atrajeran a los traficantes..., no había nada más que la abundante comida. Dijeron a Black Pawl, en su media lengua, que ningún barco había anclado allí en el espacio de tres años. Se sentían encantados de dar la bienvenida a la goleta y de ayudarlos a llevar a bordo la leña y el agua que necesitaran para su viaje de regreso. Esto para empezar. Llevaban unas túnicas perdidas de una tela hecha de corteza de árbol, y este escaso atavío era aumentado aquí y allá por camisas o pantalones que era obvio tenían un origen occidental. Las mujeres y los niños se quedaron en las canoas, y ningún hombre subió a bordo de la goleta sin llevar alguno de aquellos signos de civilización. Muchos de los hombres conocían a Black Pawl, y permanecieron ante él —Black Pawl estaba en el lugar preferente de la cubierta y los miraba amablemente— y le refirieron muchas cosas, muchas pequeñas noticias referentes a ellos y a las islas. Red Pawl y el tercero de a bordo, cada uno con su bote, se habían ido a tierra en busca de agua y leña.

Una de las cosas que dijeron a Black Pawl hizo que éste les preguntase largo y tendido, y cuando se enteró bien de todo lo que le contaron, tomó su catalejo y observó la playa, situada a una milla, donde su hijo había desembarcado. Un alto isleño le señaló con el dedo algo blanco que se movía y que era la falda de una mujer. Black Pawl asintió con la cabeza y observó, viendo entonces que la mujer y un hombre vestido de negro se aproximaban a Red Pawl y hablaban con él. Bajó el catalejo y continuó preguntando a los indígenas sin dejar de echar a la orilla una mirada de cuando en cuando.

Algunos de los hombres más jóvenes de entre los isleños se dedicaban a admirar las cosas de la goleta, formando grupos y lanzando gritos de admiración y sorpresa cuando alguno más osado hacía un nuevo y maravilloso descubrimiento. Sin embargo, el *Deborah Hoar* no tenía nada de notable. Era un ballenero de dos mástiles que había llevado barriles llenos por el sur del Pacífico durante tres años; estaba manchado por el humo y la grasa que había caído sobre su velamen, y su casco mostraba las duras huellas del tiempo. Ahora, todas sus velas estaban arriadas y plegadas, excepto las del palo mayor. Si tenían que zarpar de nuevo aquella tarde... no había necesidad de bajarlas. Las cubiertas estaban limpias y razonablemente desprovistas de los restos de aparejos que, aunque parece desorden, constituye, sin embargo, el colmo del orden.

Los negros observaron el gran cabrestante y los abitones. Fueron más adelante y treparon y rodearon las frías calderas. Miraron hacia abajo a través de la gran escotilla y se aventuraron dentro del castillo de proa, admirando desde respetuosa distancia las tres largas lanchas balleneras colgadas de garfios a lo largo de cada borda y sobre rodillos en la popa. Aquellos botes, herramientas del épico comercio del *Deborah*, eran casi tan largas como la misma goleta. Resultaban, además, tan útiles como muchas barcas más grandes, y salvo quizás el bote de la flota de pescar, sobrepasaban a cualquier otro tipo de embarcación pequeña que conocen los hombres blancos. Las dos balleneras de las bordas formaban ángulo recto con el saltillo de la cubierta. La de popa yacía al través, colocada sobre rodillos. Una embarcación más grande que la *Deborah* hubiera debido tener uno o dos botes de repuesto en el pañol, delante del palo de mesana; pero los botes de repuesto del *Deborah*, si hubiese tenido algunos, habrían estado de través, sobre rodillos, en la popa. En realidad no tenía ninguno. El cuarto de a bordo y su bote se habían perdido al pescar una de las últimas ballenas y la goleta tornaba a casa con sólo dos oficiales, además de Black Pawl. La viuda del muerto, allá en Nantucket, recibiría su jergón, el armario de mar y los escasos objetos de su pertenencia que guardaba en su camarote.

Black Pawl vio que el bote de su hijo se apartaba por fin de la orilla en dirección a la goleta. Gritó con buen humor a los negros e hizo que se fueran. Así lo hicieron ellos, gritando y riendo. Black Pawl era un hombre alto y delgado, con grandes huesos insuficientemente cubiertos de carne. Sin embargo, existía fuerza en sus delgados brazos, en sus largas piernas y en su estrecho torso. Había ganado el apodo de «Black», en lugar de llamarse Dan Pawl, en los días en que su cabeza estaba coronada con un mechón de ébano. Ahora aquel mechón era de color acerado, casi blanco. Bajo él, los atrevidos y negros ojos miraban burlonamente al mundo. Se le tenía por un hombre osado y frío. Reía mucho, pero cuando lo hacía era como si se riera de sí mismo y del mundo. Había sufrido. Su rostro lo delataba. Y aún sufría. La marca de ello estaba viva en sus ojos. Se contaban chismes sobre él... de los que él se reía.

Su hijo, Red Pawl —así había sido bautizado por los hombres de mar, ya que era necesario una marca que distinguiera al uno del otro—, era su polo opuesto. Tres pulgadas más bajo que su padre, y reputado como tres veces más fuerte, tenía el cabello rojo, el rostro rojo, era parco y sombrío en el hablar y no sonreía nunca. Mientras Black Pawl contaba con amigos en todas partes, y enemigos también en todas partes, Red Pawl no tenía ni amigos ni enemigos. Pero los hombres sentían antipatía hacia él y le evitaban, preguntándose por qué le mantenía a su lado Black Pawl. «Yo le rompería el cuello aunque fuera mi hijo», decían. Black Pawl dijo a alguien una vez, en tono jocoso, que Red era una penitencia. «Le soporto como si fuera el peso de mis pecados colgados de mi cuello», dijo riendo con su risa sin alegría.

Había existido siempre enemistad entre padre e hijo. Red tenía veintitantos años; Black Pawl se hallaba cercano a los cincuenta, y durante los últimos tres meses Red había estado poniendo obstáculos a su padre, metiéndose entre Black Pawl y sus hombres, buscando camorra. En tales ocasiones, Black Pawl se reía de él. Pero cuando se quedaba solo y pensaba, se ponía ceñudo con profunda preocupación. Si se hubiera tratado de otro hombre, Black Pawl le hubiera destruido y la cosa habría concluido de una vez para siempre. Sin embargo, lo que le detenía no era que Red fuera su hijo, sino un sentimiento más fuerte. Sentía antipatía hacia Red, hijo o no hijo, lo mismo que los demás. Debía de haber alguna verdad en lo que decía cuando hablaba riendo de sus propios pecados. Es una cosa dura y difícil para un padre reconocer en su hijo su propio ser maligno.

El bote de Red Pawl se acercaba a la goleta. Avanzaba en línea recta, sin desviarse un ápice, y los indígenas de las canoas se apartaron de él con gritos de risueña consternación. Una de ellas fue más lenta en hacerlo. El bote ballenero le hizo perder el equilibrio y la canoa zozobró y se llenó de agua. Red gritó por encima de su hombro:

—¡Permanecer apartados, cerdos!

Pero no valía la pena insultar a aquellos isleños, que gritaron de alegría ante su desventura, y un trío de remeros alzaron hasta su propia embarcación a los ocupantes de la canoa volcada. El bote de Red Pawl se colocó al costado del *Deborah.*

Black Pawl, sobre la cubierta, vio que el hombre y la mujer iban en el bote de Red. El hombre era viejo y vestía de negro. El capitán conocía a los de la raza de la Iglesia. La mujer, según pudo ver, era joven.

Red y su timonel mantuvieron inmóvil el bote mientras el misionero trepaba hasta la cubierta, ponía los pies en ella y tomaba a la muchacha con ambas manos; ésta avanzó ligeramente hasta colocarse a su lado. Red dijo ásperamente:

—He aquí al capitán Pawl.

El misionero alzó la cabeza y vio a Black Pawl en el castillo de popa. Entonces se volvió hacia la muchacha, sonrió y dijo:

—Ven.

Anduvieron uno junto al otro en dirección al capitán. Black Pawl los estudió mientras se aproximaban, pero no hizo el menor movimiento para salir al encuentro. El misionero se hizo a un lado para dejar que la muchacha subiera primero hasta el castillo de popa. Luego la siguió y se aproximó a Black Pawl. Se trataba de un anciano con el cabello blanco y amables ojos y labios, un hombre prudente debido a haber vivido una vida apacible y haber tenido pensamientos sosegados, un hombre de amplias ideas, sin hipocresía y sin malicia. Esto aparecía claramente escrito en su rostro. Pero el espíritu burlón que anidaba en Black Pawl le hizo decir a guisa de saludo:

—¡Buenos días, padre!

Sabía de sobra que aquel misionero no era de esa Iglesia que es padre y madre para su gente. También sabía que los clérigos de otra clase, si están hechos como debe ser, se resienten del apelativo que él había aplicado a aquel hombre. Pero el misionero se limitó a sonreír y a decir con tono amable y firme, sin el menor asomo de enojo:

—Buenos días, capitán Pawl.

Con esto Black Pawl le tuvo por un hombre, y alargó su gran mano. Ambos hombres cambiaron un fuerte apretón.

—Me llamo Samuel Poor —dijo el misionero—, y esta joven es Ruth Lytton.

E hizo un ademán hacia la muchacha. Black Pawl se volvió, la vio por primera vez de cerca y su corazón, por un instante, se inmovilizó.

La joven era alta y estaba bien formada; poseía formas agradables. Más aún, era hermosa. Pero había algo más en su rostro y en sus ojos que hizo blanco en la conciencia del capitán. Por un instante su rostro fue una máscara de tragedia. El misionero miraba a la muchacha y no se dio cuenta. Pero ella lo notó y se sintió turbada.

Entonces, Black Pawl sonrió. Había belleza en el rostro del hombre cuando sonreía... belleza, una radiación de fuerza y el esplendor de la audacia. Tomó la mano de la muchacha.

—¿Ruth Lytton? —repitió.

—Sí —contestó el misionero.

La muchacha observó al alto hombre que le sujetaba la mano y, como era valiente, preguntó:

—¿Por qué se ha sentido usted... desgraciado al verme?

—¿Desgraciado? —exclamó Black Pawl echando hacia atrás la cabeza y riendo—. Yo no soy nunca desgraciado. No vale la pena ser desgraciado.

—¿Por qué? —repitió la joven.

Los ojos de Black Pawl se encontraron con los de ella

abiertamente, y una chispa saltó entre ellos. Tocó la mano que aún sostenía con la izquierda y luego la dejó caer.

—Es usted parecida a alguien que conocí —repuso casi para sí mismo— a la que conocí... un poco. Éste fue mi primer pensamiento. Ahora ha desaparecido. Estaba equivocado. Una alucinación que sufro a menudo. Me parece que todas las mujeres con quienes me encuentro se... parecen a una que conocí.

Se volvió hacia el misionero, y la muchacha retrocedió un poco. Pero sin dejar de observarle, como si no pudiera apartar los ojos de él. Eso no era de extrañar, pues Black Pawl era un hombre a quien tanto los hombres como las mujeres no dejaban de mirar dos veces. Ahora el capitán preguntó al misionero:

—¿Qué puedo hacer por ustedes?

—Miss Lytton y yo deseamos que nos lleve usted a nuestro país.

Black Pawl sonrió.

—Hay barcos de pasajeros que tocan en las islas. ¿Por qué han elegido al *Deborah*?

—Nos saldría más barato —repuso el misionero—. No tenemos dinero para un viaje más caro.

—¿Cómo saben ustedes que será más barato?

—Contamos con su buen corazón, capitán Pawl.

Siendo él un hombre audaz, el capitán admiraba la audacia en los demás.

—Tiene usted valor, señor —dijo.

—Conozco a los hombres —fue la tranquila respuesta del misionero.

—¿Dónde están sus equipajes?

—En la playa.

—Enviaré a buscarlos.

El misionero sonrió.

—No necesita usted hacerlo —dijo—. Yo...

Llegó hasta la borda y llamó a la canoa más cercana. Media docena de canoas se acercaron a la goleta y el misionero habló a los hombres que había en ellas. Inmediatamente hicieron rumbo hacia la playa a toda prisa. El misionero las observó con los ojos sombreados por la amplia ala de su sombrero. Otras canoas se agruparon bajo la goleta, y entonces él habló alegremente a sus ocupantes. Una mujer comenzó a sollozar y el misionero le recomendó conformidad.

La muchacha se volvió al capitán, que había presenciado junto a ella la pequeña escena.

—Le quieren —comentó la muchacha—, y sienten que se vaya.

Un hombre la vio y sonriendo gritó algo. Ella sonrió a su vez y levantó la mano.

—También la quieren a usted —repuso Black Pawl—. Se ve en seguida.

Ella asintió con un movimiento de cabeza.

—Sí —contestó—. Y yo a ellos.

El capitán la miró de soslayo, observando su perfil y notando la forma de la frente y del ojo, y en su rostro apareció de nuevo la máscara trágica. Pero cuando la muchacha se volvió hacia él, disimuló sonriendo. Ambos se inclinaron sobre la borda, uno al lado del otro, hablando de cosas indiferentes.

Alrededor de la goleta las canoas tejían expertamente su camino. Traían montones de leña que eran subidos a bordo. El bote del tercero de a bordo se aproximó al *Deborah* con el cargamento de agua. Red Pawl envió a sus hombres a que preparasen los barriles para subir el agua a bordo. El aparejo crujía cada vez que subían y bajaban por un costado de la goleta. Sobre sus cabezas, la vela mayor flameaba. Los gritos de los isleños se alzaron suavemente y sus tonos musicales suavizaban los duros gritos del segundo de a bordo. La lancha del tercero de a bordo se aproximaba. Mirándole, la muchacha preguntó:

—¿Quién es el oficial que va en esa lancha?

—Dan Darrin —contestó Black Pawl—. Mi tercero de a bordo. Un muchacho excelente. —Sonrió en tono bromista—. Y usted se ha ruborizado a la vista de él.

—No —negó la joven.

Pero sus mejillas la desmentían.

—Un muchacho excelente —afirmó de nuevo Black Pawl.

II

No zarparon tan rápidamente como el capitán esperaba. Antes de llegar a aquel fondeadero, los barriles de aceite habían sido cuidadosamente estibados con vistas al viaje de regreso al hogar. El aparejo ballenero había sido retirado de los botes, limpiado, engrasado y enviado abajo. Las jarcias habían sido limpiadas y alquitranadas y el casco y los mástiles fueron raspados y pintados para que produjeran buen efecto al exigente ojo de Black Pawl. Con los últimos víveres a bordo, la goleta estaba presta para hacerse a la mar. Pero hacia media tarde los signos del tiempo se tornaron desfavorables, y entonces decidieron permanecer donde estaban hasta que la furia del temporal pasara. El estrecho refugio que formaba la bahía no era lugar donde pudieran ser atrapados por la borrasca.

Cuando fue pública la orden del capitán, los hombres se reunieron en grupos en la cubierta hablando entre sí, y Black Pawl vio que su hijo y segundo de a bordo hablaba a uno o dos. Por lo tanto, no se sorprendió cuando un grupo de hombres se presentaron en la popa y se detuvieron en el saltillo de cubierta para hablar con él. Teniendo a Red Pawl detrás y a Dan Darrin a un lado, los miró atentamente. El misionero y la muchacha se hallaban en popa junto al timón.

—Bien, ¿qué pasa? —preguntó Black Pawl con buen humor.

—Hemos oído decir que permaneceremos aquí hasta que el viento amaine —respondió el que llevaba la voz cantante.

—Sí. ¿Hay alguna objeción?

El marinero sonrió.

—Nada de eso, capitán. Pero... ¿qué nos dice de un permiso para ir a tierra? Para desentumecernos las piernas, vamos.

—Y para entumeceros la cabeza, ¿no es eso? —replicó Black Pawl echándose a reír—. Para emborracharos en alguna choza indígena, ¿no?

El hombre adoptó un talante ovejuno.

—El segundo de a bordo piensa que usted debería dejarnos ir.

—El segundo de a bordo lo piensa, ¿eh? —repitió Black Pawl—. Entonces, ¿por qué venís a mí?

El hombre, inquieto, se dejó caer primero sobre una pierna, luego sobre la otra. Black Pawl se dirigió a su hijo.

—¿Qué es lo que pasa, Red? —inquirió.

—Les dije que era justo que pudieran ir —contestó Red Pawl agriamente—. Que no había razón para que te opusieras.

—¿Y si me opongo sin razón?

—¡Eso es despotismo!

Black Pawl rió en voz alta.

—¿En dónde has aprendido esa palabra?

—Tú me la enseñaste.

El capitán dirigió a su hijo una sonrisa terrible. Pero cuando se volvió hacia sus hombres su voz sonó normal y sin la menor emoción.

—No hay razón para que no vayáis —dijo.

Todos lanzaron vivas. El capitán continuó:

—¡Excepto que yo no os dejo! —y añadió sombríamente—. Dispersaos, gaznápiros, y andad alerta.

Todos titubearon un instante, estupefactos ante el fracaso de sus súbitas esperanzas, y acto seguido, comenzaron a murmurar entre ellos. Dan Darrin dio un paso hasta colocarse al lado de su capitán, como para prestarle apoyo. Pero Black Pawl no necesitaba ayuda que reforzara sus órdenes.

—¡Alerta, digo! —gritó alegremente, andando entre ellos con sus largos brazos sacudiendo a derecha e izquierda.

Daba con la mano abierta, pero todo el que era alcanzado caía. Y los demás cayeron en su prisa por escapar de él. En cosa de segundos la cubierta quedó desierta hasta las calderas, salvo los arponeros, que estaban junto a la borda, y se echaron a reír ante el desconcierto de la tripulación. Una vez a salvo, los hombres rieron también. Black Pawl poseía la extraña facultad de hacerse querer incluso por aquellos a quienes tiranizaba. Cuando llegó a popa, sus ojos se posaron en su hijo y preguntó en tono amable:

—¡Vamos! ¿No es esto un irrazonable despotismo?

Red Pawl contestó hoscamente:

—Sí.

Los ojos de Black Pawl parpadearon.

—Más fuerte —pidió—. Que tu auditorio pueda oírte desde lejos. —Y preguntó de nuevo—: ¿No ha sido eso una brutal tiranía?

Los ojos del hijo brillaron ahora sombríamente.

—¡Sí, brutal, maldita sea! —gritó, y su voz se esparció a todo lo largo de la goleta.

—Así —contestó Black Pawl—. Has logrado el efecto que buscabas, hijo mío. Eres el héroe que los defiende contra mis injustos puños. ¡Quedas satisfecho!

El hijo miró a su padre de hito en hito.

—Eres un hombre valiente... y un maldito bruto —exclamó.

—¡Caramba! —replicó Black Pawl—. Si pensaras de verdad lo que dices y tuvieras simiente de hombre, atacarías ahora. Pero tú nunca harás una tortilla, Red, hijo mío. Te cuesta demasiado romper los huevos.

Y se volvió, dirigiéndose hacia el misionero y la muchacha. En aquel instante Dan Darrin miró a Red y ambos permanecieron durante un momento en un conflicto inmóvil y silencioso. En aquella mirada Dan Darrin dijo al segundo de a bordo que ahora era él el hombre de confianza del capitán, y Red Pawl comprendió, no hizo el menor signo y volvió la espalda.

Tres días después zarparon de la bahía rumbo a su país. Las costas cubiertas de bosques desfilaron ante ellos, un bello paisaje verde bajo el sol, y cuando llegó el oscurecer, las islas quedaban atrás y la súbita noche de los trópicos les cayó encima. Sobre sus cabezas, las estrellas, Darrin y la muchacha se hallaban juntos en la cubierta.

Una vez en el mar abierto, Black Pawl y su hijo se habían ido abajo. Ruth gustaba a Dan Darrin. Pero a ella le gustaba Black Pawl. Y le gustaban los arponeros y todos los hombres que había a bordo, excepto quizás el hijo del capitán. De todos modos, era difícil que Red Pawl gustara a nadie. Pero los demás eran amigos de la muchacha.

Darrin, sin embargo, ocupaba ya un lugar aparte. Se llevaban poca diferencia de años, y él era un honrado muchacho de hombros cuadrados y claros ojos, y ella una muchacha guapa. Quizá todo residiera en esto. Aquella noche contemplaron el mar y luego miraron las estrellas. Las estrellas en los mares del Sur están más cercanas y son más íntimas que en nuestras latitudes del norte. Era como si el velo de nuestra nubosa atmósfera se hubiera descorrido, mostrando los cielos claros y desvelados. Los ojos penetran más fácilmente en los vastos tesoros del infinito, y las estrellas aparecen en ordenada perspectiva, como si fueran luminosos broches clavados en un profundo tablero azul. Dan Darrin habló de eso a la muchacha y ella contestó que nunca las había visto de otra manera.

—¿Quiere usted decir que nació aquí? ¿Nunca ha estado en la patria?

—Nací en la patria —contestó la joven—. Pero era tan sólo una niña cuando vinimos aquí. Vinimos mi madre y yo, ¿sabe? Así que no recuerdo nada.

Dan deseaba preguntar más. ¿En dónde estaría su hogar? Conocía el hombre de la joven. Pero ¿qué había tras ese nombre? Él deseaba leer cada capítulo y cada página del libro de la vida de la joven. Pero algo —quizá fuera la propia reticencia de lo joven— le mantuvo mudo.

Otro se había preguntado también cosas: Red Pawl. El segundo de a bordo tenía una mirada ardiente para cada mujer, guapa o no, y aquella mujer era hermosa. La había observado con el rabillo del ojo desde el principio, y le había preguntado cosas. Pero ella no le contestó nada, y entonces había acudido al viejo misionero, que le contestó menos que nada.

—Ella y su madre vivían en la isla, cerca de mí —dijo—. Cuando su madre murió, la última primavera, ella vino a mí. Comprendí que debía volver a donde se hallaban los de su raza. Así que... nos vamos. Esto es todo.

—¿Huyendo? —sugirió Red Pawl maliciosamente—. ¿Por qué? ¿De qué?

—De hombres no dignos de mirarla —contestó.

Red Pawl, a despecho de sí mismo, se sintió avergonzado y guardó silencio.

Cuando aquella misma noche echó de menos a Darrin y a la joven, subió a cubierta y encontró a los dos y a las estrellas. Así que dio a Darrin una tarea que hacer, pensando quedarse la muchacha para sí. Pero ella se fue abajo en cuanto Darrin desapareció, a despecho de la sugestión de Red Pawl para que se quedara en cubierta con él.

Cuando la joven desapareció, el segundo de a bordo comenzó a pasear de un lado para otro. Más tarde fue a hablar con el timonel. Ambos hablaron en voz baja, como si temiesen ser oídos.

Al siguiente día arrojaron la obra de mampostería de las calderas por la borda, ladrillo tras ladrillo. La tripulación tuvo entonces ocasión de regocijarse. Aquello significaba que el duro y peligroso trabajo de pescar ballenas había concluido. Aquello significaba volver a casa, tener dinero para gastar y pasar unas semanas en tierra. Gritaron y cantaron mientras se dedicaban a desmantelar la estructura parecida a un horno donde tanta cantidad de trozos de esperma habían sido hervidos para extraer el aceite. Los hombres competían al arrojar los ladrillos para ver quién los lanzaba más lejos a través del agua. Arrojaron medios ladrillos a los pájaros que aún los seguían desde las islas que habían dejado atrás.

Caundo el último ladrillo desapareció, los grandes cacharros fueron bajados a la bodega y puestos en seguro. La chimenea y el horno del fuego fueron guardados, y el amplio depósito que siempre está lleno de agua cuando las calderas se encuentran en pleno funcionamiento con lo que se evita que la cubierta se queme, fue sacado y guardado. Quedaba sólo el trozo lleno de escombros donde el horno había estado. A continuación fregaron la cubierta, dejándola tan blanca como un hueso roído. Y cantaban mientras trabajaban, pues el día era hermoso, el viento suave, y dejaban atrás los mares donde habían estado pescando.

Black Pawl les lanzaba frases jovialmente insultantes, y Dan Darrin prestaba sus brazos cuando en algún lugar se necesitaba un refuerzo. Red Pawl les hacía muecas desde la borda y los maldecía al ver que no le hacían el menor caso. El viejo misionero y la muchacha observaban todo esto mientras seguían desde la cuadra de popa la tarea de limpiar la goleta. Permanecer en el mar en aquellos días representaba para la muchacha un intenso placer, poesía y júbilo inexpresable. Así se lo dijo a Dan Darrin cuando éste fue a popa.

—¡Es bello! —exclamó la joven—. ¡Tan bello y enorme! No creo que me cansara nunca del mar.

Black Pawl la oyó, sonrió y repuso:

—Tendrá usted oportunidad de aprender. Quedará usted harta de mar. Desde ahora no tocaremos tierra hasta que atraquemos en el muelle de la patria, niña.

La joven asintió con un movimiento de cabeza, aceptando como cierto lo que acababa de oír. Y Black Pawl lo había dicho de buena fe. Pero, según se desarrollaron las cosas, cuando Black Pawl anunció que no tocarían tierra se equivocó por completo.

III

El buen tiempo los había seguido desde las islas. La goleta dejaba las leguas de océano tras ella y seguía firmemente el rumbo a la patria. Había paz alrededor. Los hombres se mostraban alegres y la cámara permanecía tranquila. Red Pawl hablaba poco y casi siempre lo hacía con los hombres del timón, con quienes se comunicaba a veces en voz baja. Pero si Black Pawl notaba esto, y los ojos del capitán no dejaban escapar casi nada de lo que sucedía a bordo, no daba señales de ello.

El misionero se interesaba por Black Pawl. Había oído en las islas ciertas oscuras historias sobre el hombre. Sin embargo, tenía al capitán del *Deborah* por un buen compañero, inteligente, razonablemente jovial y bastante cortés. Había intentado en dos o tres ocasiones charlar con él, pero desde el principio Black Pawl se había negado, eludiéndole, al parecer, como si no quisiera quedarse a solas con un hombre de iglesia. El misionero estaba acostumbrado a leer en los hombres y se dijo para sus adentros:

«En el alma de Black Pawl sucede algo.»

Se preguntó si debía ayudarle granjeándose su amistad y su confianza.

Notó después de un tiempo que Black Pawl observaba constantemente a Ruth Lytton, a hurtadillas. Era evidente que le gustaba hablar con ella. Vio también que después de aquellas conversaciones se quedaba intranquilo y en gran oposición con el mundo.

Una noche en que la luna estaba llena y alta, el misionero encontró solo al capitán en la cubierta de popa. No le buscó e hizo como si no le viera. Black Pawl se acercó poco después y dijo con un asomo de burla en su voz.

—¡Buenas noches, padre!

El misionero respondió de buen humor. Le habían llamado cosas peores en su tiempo. Black se inclinó sobre la borda junto a él. Bajo ellos, el agua hervía alrededor del timón del *Deborah* lanzando chispas y llameando a la brillante luz de la luna, como si fuera fuego de plata. Debajo de la superficie, un gran pez cruzó en diagonal por el lado de popa, dejando tras sí una cinta de llamas que duró un instante y luego se apagó. La luna pespunteaba cada ola con un borde de mercurio, mientras que los valles abiertos entre las olas eran azules como los cielos. El mar se mecía en su sueño alrededor de ellos. Black Pawl movió la mano en un rápido ademán y dijo en voz baja:

—Parece tranquilo, ¿no es verdad? Sin embargo, no tiene nada de tranquilo, sino que está lleno de vida... desde un cachalote de ochenta pies hasta una chispa de fuego no mayor que la punta de un alfiler.

El misionero movió la cabeza.

—*El firmamento muestra la mano de Dios* —citó.

Black Pawl se echó a reír.

—¡El firmamento! Quizá, padre. Pero eso es tierra, no mar. Yo soy hombre de mar. Hable de su Dios en las obras de la tierra. Pero no hay Dios en las profundas aguas.

El misionero alzó la vista con rápido interés.

—¿Está usted en esa creencia, amigo mío? —preguntó suavemente, sin que hubiera nada combativo en su tono.

—Sí —replicó Black Pawl—. No hay nunca un Dios en el mar. Que yo sepa, no lo hay, y tengo mis dudas de si lo hay sobre la tierra.

—¿Y cuál es su dios? —preguntó el misionero.

—Yo no tengo Dios —contestó Black Pawl.

Su rostro era como su nombre. El misionero sacudió la cabeza.

—Incluso un perro tiene a su amo por un dios —declaró—. El dios de algunos hombres es la bebida. De otros, la carne; de otros, el trabajo de sus manos. Pero el dios de los hombres prudentes es... Dios.

Mirando firmemente a Black Pawl, preguntó de nuevo:

—¿Cuál es su dios, amigo mío?

El capitán rió y se movió inquieto.

—¡Habla usted como un párroco! —replicó—. «Por sus dioses los maldeciremos.» Es ésa la idea, ¿no?

El misionero permaneció callado un tiempo, luego sonrió y dijo:

—Conocí una vez a cierto hombre. Era isleño, y su dios le enseñó a cortar las cabezas de sus enemigos, a curarlas con humo y a colgarlas en su casa. Era, según creo, el hombre más admirable que he conocido... de acuerdo con sus luces. Tenía cuarenta y dos cabezas colgadas del tejado de su choca, y no me cabe la menor duda —su propia cabeza fue cortada al fin— de que ahora, en el paraíso, se dedica a colgar cabezas.

—Si los superiores de su Iglesia le oyeran a usted decir eso, padre —dijo Black Pawl—, le mandarían a la oscuridad. Hombre, usted ha sido enviado aquí a decir a los paganos que deben amar a Cristo o de lo contrario se verán condenados. ¿Por qué no lo hace?

—La fe de mi amigo era cortar las cabezas de sus enemigos —repuso el misionero—. Mi fe es intentar mostrar a los hombres la belleza de mi fe. En eso estriba la diferencia.

—¿Su Dios cree en el reclamo?

—Sí —repuso el predicador, que sonrió de nuevo.

Black Pawl se echó a reír.

—Eso vale la pena oírlo —declaró—. Tiene sentido. La mayoría de los de su clase nos dicen que seamos humildes, mansos y cobardes como corderos. ¿Por qué es la bondad humilde, padre? ¿Por qué es tímida la virtud y atrevido el vicio?

—¿Qué quiere usted decir, capitán Pawl? —preguntó el misionero—. Me interesa.

—Un hombre se alaba de beber, de tener mujeres, de un golpe que dio. Pero no se alaba de lo que ustedes llaman una buena obra. Anuncia sus crímenes y esconde sus virtudes. ¿Por qué?

—Ese hombre actúa equivocadamente —contestó el misionero—. Haría mejor en alabarse de sus buenas obras. Cristo dijo: «Yo soy el Hijo de Dios». No se ha podido decir nunca una alabanza mayor.

—¿Eso es verdad? —inquirió Black Pawl vivamente.

—Todos los hombres son hijos de Dios..., lo mismo que todos los hombres son Dios —explicó el misionero.

El capitán asintió con la cabeza pensativamente.

—Entonces ¿por qué no lo dejan en eso? —preguntó—. ¿Por qué todo ese hablar del cielo? «Sé bueno, y oirás las arpas de los cielos. Sé malo, y te tostarán en el infierno.» Eso es la manera de convencer a un cobarde. Pero sólo es un reto para un hombre fuerte.

—¿Cree usted en el pecado imperdonable? —preguntó el misionero.

Los ojos de Black Pawl se ensombrecieron.

—Sí —confesó.

—¡Ah! —murmuró el misionero medio para sí—. Me estaba preguntando por qué se siente usted desgraciado.

El rostro del capitán se descompuso al oír estas palabras.

—El hombre desgraciado es un cobarde —exclamó.

—Entonces es usted un cobarde, amigo mío.

—¿Soy yo desgraciado?

—Creo que es usted el hombre más desgraciado que he conocido.

Black Pawl hizo un brusco movimiento. Avanzó seis pasos pero luego retrocedió, inclinándose a continuación sobre la borda, sin sonreír. Al cabo levantó la cabeza y dejó caer la mano sobre el hombro del misionero.

—Padre —exclamó—, si su fe sirve de algo, debe ser práctica. Debe resolver los problemas de este mundo. ¿Tengo razón?

—Sí, amigo mío.

El capitán del *Deborah* hizo un signo de asentimiento con la cabeza.

—Voy a contarle mi historia —dijo—. Que su Dios escriba la respuesta al acertijo, si es que puede.

El misionero inclinó la cabeza.

—Cuéntela, si es que desea usted contarla —murmuró.

—Escuche entonces —y Black Pawl hizo una seña al misionero—. Usted y yo fuimos hechos en moldes diferentes, padre. Pero en cierto sentido los hombres son siempre muy semejantes. ¿Ha querido usted a una mujer alguna vez?

—Sí.

Black Pawl miraba a la noche color de púrpura. Era como si su interlocutor no existiera.

—Quise a una mujer —continuó—. La... quise. Quizás haya en mí mucha vitalidad, y deposité toda mi vitalidad en ella, y ella me quiso lo mismo. Era alta y rubia, serena como aguas tranquilas, padre, y muy hermosa. Sin embargo, otros dijeron que era fría. Pero ella no era fría conmigo. Había una llama entre los dos, y cuando entrábamos en la llama con las manos cogidas, ardíamos como metal fundido. ¡Ardíamos, pero no nos consumíamos! Y nos fundíamos uno al otro como metales, carne con carne, alma con alma. En aquellos días no éramos dos personas, sino sólo una. Cuando estábamos con los demás, actuábamos como ellos, bromeábamos, reíamos, nos divertíamos. Pero cuando estábamos solos, éramos una hoguera viviente. Algunas veces, al ver a un matrimonio, yo me pregunto si serán como éramos nosotros. Me pregunto si tras el apacible ademán de su vida diaria existe esa apasionada devoción que nos fundía uno en el otro.

»Digo que nos fundía, padre. Porque por su Dios le digo que ella me quería tanto como yo a ella. Tenía la costumbre de tomar mis mejillas entre sus manos, de pellizcármelas, tirando de mi rostro hacia el de ella, y sacudiéndome de un lado a otro mientras lo hacía... No hay mujer que haga eso. Digo que me quería tanto como yo a ella.

»Al principio, digo, fue así. Ella hizo un viaje conmigo, y el muchacho, Red Pawl, nació en un día de negra tempestad, a menos de cien millas de aquí. Yo fui médico y enfermera entonces para ella, padre. Ella era valiente. ¡Ay! Yacía en mis brazos durante el tormento, sonriéndome entre los dolores de agonía. Ella sabía más que yo de tales cuestiones, y se había comprado un libro que explicaba todo lo que yo tenía que hacer. Así que cuando llegó la hora fui capaz de atenderla... y también al niño. Yo era torpe y fallaba, pero me las arreglé al cabo. Fue un sacramento, padre. ¿Sabe usted? Yo creí en su Dios en aquellos días. Fue un santo sacramento. Pensé que era una cosa como vuestro Cristo cuando ella dio su carne y su sangre por aquel niño que era todo nuestro mundo. Ella llegó a ser santa. Ustedes dicen que su fe es espiritual. Pero yo digo que la verdadera fe es física. No hay nada tan santo como el cuerpo, padre, pues la cosa más santa en el mundo es el nacimiento. Si no fuera santo, sería inexplicablemente terrible. Si existe un Dios, entonces el que un cuerpo salga de otro cuerpo es obra de Dios, y obra del hombre, y no hay nada tan importante en el mundo ni nada tan santo como eso.

»El muchacho nació, y le pusimos Dan. Éste es mi nombre, ¿comprende? Pero no puede haber dos Dan Pawl. Así que él es Red y yo soy Black, y pocos hombres dejan de llamarnos así. Anduvo a gatas por el barco y se mantenía ya en pie cuando llegamos de nuevo a la patria.

»Después ella no salió más al mar. Se quedó en tierra durante el siguiente viaje mío, acompañada por el niño. Yo le aseguro a usted que nuestro amor era tan vivo cuando nos separaban diez mil millas como cuando estábamos uno en brazos del otro. Y cuando volví a la patria de nuevo ella me estaba esperando.

»Aquella vez estuve seis meses en tierra. El muchacho pasaba de los cuatro años cuando yo tenía que volver a zarpar, y su madre dijo que debía salir conmigo y aprender a conocer a su padre. ¡Conocerme! Así que se vino conmigo; dormía en mi camarote y aprendió las cosas del barco. Era muy robusto para su edad ya entonces. Y antes de regresar a la patria había crecido tanto que casi era más alto que su madre. Yo le dije: "Tu madre no te conocerá". Él se echó a reír al oírme, y ambos planeamos que él bajaría a tierra primero e iría a buscarla, asustándola para luego contemplar las lágrimas de sorpresa que aparecerían en sus ojos.

»Durante todo el largo viaje de retorno a la patria planeamos esta broma entre nosotros, ¿comprende? Los ojos de mi hijo se encendían y mi corazón saltaba de alegría, y cuando la tierra se alzó del mar ante nosotros, ambos ocupamos nuestros puestos y observamos durante horas hasta que pudimos ver los muelles donde yo le dije que su madre nos estaría esperando.

»Yo sabía que nuestra llegada había sido señalada y que ella sabría que nosotros estábamos en la bahía. Así que mi catalejo enfocó el lugar mientras el muchacho, a mi lado, gritaba: «¿En dónde está, papá? ¿En dónde está, papá? ¡Déjame ver!» Me cogió el catalejo, se lo arregló a su medida y miró. Yo no podía decirle que ella no se encontraba allí. Así que señalé una figura de mujer apoyada contra un montón de barriles de aceite y le dije que aquélla era su madre. Él lanzó gritos a lo largo de más de una milla de agua. ¡Y a mí me escocían los ojos de buscarla a lo largo del rompeolas!

Durante un momento, Black Pawl guardó silencio. Cuando prosiguió no había el menor temblor en su voz.

—Nos apresuramos —continuó—. Pero ella no se había presentado aún. Yo noté, por el modo que los demás tenían de mirarme, que algo había sucedido. Preocupado, me olvidé del muchacho. Pero no me atrevía a preguntar nada, y un negro miedo se apoderó de mi corazón. Me olvidé del muchacho, y antes de que yo me diera cuenta, él estaba en tierra y corría a abrazar a aquella mujer que yo le había señalado, llamándola madre. Ella le rechazó y lloró. Así que yo pensé que mi esposa había muerto.

»Incluso entonces no pregunté nada, y tampoco me dijo nadie nada. Pensé que por simpatía. Ahora sé que fue porque tenían miedo. Fue mi hermano quien me lo dijo al final. No era un hombre como yo, sino más pequeño y con menos fuerza, y cuando me lo dijo le tiré al suelo, y ya no anduvo derecho durante los dos años que aún vivió. ¿Fue un pecado lo que hice al tirarle?

El pulso del mar estremeció la cubierta de la goleta debajo de ellos, y una blanca ola se esparció como fuego de plata. La luna avanzaba serenamente atravesando el arco púrpura del cielo. El aparejo sobre sus cabezas murmuraba bajo los suaves dedos del viento. El misionero miró hacia el agua y luego hacia los ojos de Black Pawl, sorprendiendo en su fondo profundidades de agonía.

—¿Le condenó su hermano por aquella acción? —preguntó suavemente.

—No.

—Entonces nadie puede hacer lo que él se negó a hacer.

Black Pawl rió en tono de mofa.

—Muy bien. Ahora escuche lo que me dijo. Ocho meses después de mi marcha, a ella le nació una hija mía, y seis meses después, ella y la niña se fueron al mar con otro hombre. Huyeron por la noche, en secreto.

Guardó silencio durante tan largo tiempo que el misionero creyó que la historia había concluido. Pero antes de poder decir nada, el capitán habló de nuevo:

—Hay más —dijo—. ¿Me escucha usted?

—Sí.

—Poco después emprendimos otro viaje mi hijo y yo, y otro después, y otro más. Después de regresar del tercero, me dijeron que el hombre con quien ella se marchó había regresado solo, diciendo que ella le había dejado como me dejó a mí. Ese hombre se había ido antes de mi regreso. Pero supe que algún día caería sobre él.

»Red Pawl estaba ya completamente crecido por entonces, muy alto para sus años. Fue grumete en un viaje, en el siguiente quinto de a bordo y segundo de a bordo en el tercero. Fue en su primer viaje como segundo de a bordo cuando encontramos al hombre.

En el tono de Black Pawl había una fría intensidad y de nuevo preguntó como en tono de desafío:

—¿Me escucha usted?

—Sí.

—La mala suerte había perseguido a aquel hombre —continuó Black Pawl con mayor tranquilidad—. Decían que su barco era el barco de la muerte. Los hombres morían fácilmente en él, y le resultaba harto difícil a aquel barco encontrar ballenas. Le costaba convencer a los hombres para que le acompañasen. Sus oficiales tenían mala suerte, y tener mala suerte en la pesca de la ballena es como morir. Se vio obligado a luchar con las ballenas él mismo, y fue así, al final, como cayó en mis manos.

»El bote de mi hijo le recogió un día. Él había bajado a pescar una ballena, y se apartó de su barco; el cetáceo tiró de él hasta que se lo llevó muy lejos del barco, y se vio obligado a cortar. Por lo tanto, la sed hizo presa en el bote. Como era fuerte y sufrido, resistió más que la medida de agua que le tocó de la que llevaba el bote.

Así que cuando Red Pawl le encontró a la deriva bajo el sol, sólo aquel hombre quedaba vivo en la ballenera. A su lado había otro muerto: el timonel del bote. Habían arrojado a los demás por la borda.

»El hombre estaba loco de sed cuando Red se lo encontró. Pero él no conocía al muchacho y Red tampoco le conocía a él. El muchacho le trajo a la goleta y le alojamos en mi camarote para cuidarle y devolverlo a la vida. Y yo le conocí allí.

»Cuando estuvo cuerdo, me reconoció. Pero no dijo nada, esperando que yo no lo supiera. Tampoco yo dije nada hasta que se hubo recobrado y estuvo fuerte y sano. A su debido tiempo, un día, él deseó dejar el camarote y salir a cubierta. De modo que pensé que era ya tiempo para lo que me proponía hacer.

»Entre mi hijo y yo atamos al hombre; le atamos a la litera y le amordazamos. Yo había dicho a Red quién era, y Red quería cortarle el cuello. Pero yo me opuse. A Red le falta imaginación. Así se lo dije a él.

»Le atamos a la litera y le amordazamos. Entonces le dije que le conocía y lo que pensaba hacer. Tenía en el pensamiento dejarle allí sin comida ni agua hasta que muriera ante mis ojos. Yo creía entonces, y lo sigo creyendo, que hacer eso era mostrar demasiada misericordia.

»Pero cuando le anuncié lo que me proponía hacer, él hizo signos de que deseaba hablar, y yo entonces le quité la mordaza de la boca. Era un hombre de cierto valor, padre. Me lanzó improperios y me dijo entre otras cosas que cuando se cansó de la mujer que yo quería, la había dado a una tripulación depravada que yo conocía; y la niña iba con ella, añadiendo que ambas habían muerto de mala manera.

»Ponía los ojos como si lo que decía fuera verdad. Yo sabía por qué me lo decía. Quería que le hiciera la merced de darle una rápida muerte. Pero yo no lo deseaba. Entonces me llamó cobarde y dijo que yo no le podía mirar de hombre a hombre. Yo me eché a reír y le repuse que podría cumplir su deseo de enfrentarse conmigo de hombre a hombre. Él entonces dijo que estaba débil. Era cierto. Y yo estaba deseoso de sentir que su fuerte grasa se quebraba entre mis manos. Consideré lo que debíamos hacer.

»Lo que hicimos fue esto, padre: dirigí la goleta hacia una isla que yo conocía... un lugar donde no habitaba ser humano. Allí permanecimos un tiempo hasta que el hombre se recobró. Y allí, cuando llegó la hora, luchamos.

»Le maté. Él era más fuerte que yo y me zurró bastante antes de que pudiera hacerme con él. Luego le rompí el brazo derecho entre mis manos, así que gritó; después le golpeé con mis puños, y cuando cayó, Red Pawl le levantó y le sostuvo, y yo le estuve pegando con las manos desnudas hasta que murió. La lucha duró desde por la mañana hasta casi medio día. Fue una lucha justa hasta que le rompí el brazo. Después de esto... murió en pie, los brazos de Red Pawl sosteniéndole. Le dejamos allí, y cuando la goleta se alejaba de aquellas aguas, señor, los pájaros formaban un montón blanco sobre el lugar donde él yacía.

Black Pawl dejó de hablar y durante largo tiempo ambos hombres guardaron silencio. Al cabo, inquieto por el mutismo, Black Pawl se echó a reír para ocultar su inquietud.

—Vamos, padre —dijo al fin—. ¿Qué tiene su Dios que decir de esto?

—¿Ha encontrado usted rastros de su esposa, Black Pawl? —preguntó el misionero.

—Encontré a los hombres a quien él la dio. Todos negaron el cuento. Pero Red Pawl y yo matamos a tres de ellos y herimos a otros dos.

El misionero no hizo ningún comentario, y Black Pawl preguntó de nuevo:

—¿Qué tiene que decir su Dios de esto, padre?

Entonces el hombre de iglesia miró al capitán y dijo en tono amable:

—Me da usted lástima, Dan Pawl.

El capitán lanzó una exclamación de desprecio.

—No malgaste su lástima conmigo. No siento remordimientos.

—No por el pasado me da usted lástima —replicó el misionero—, sino por lo que sin duda sucederá.

IV

En Black Pawl se desarrolló un infierno de inquietud. Esto sucede en todos los hombres. Pero en él fue más fuerte, lo mismo que todas las reacciones propias del hombre eran en él más fuertes que en los demás hombres. Bajo su risa sin alegría, bajo su maligna jovialidad, palpitaba un odio hacia el mundo, un odio que no encontraba expresión.

Esto se mostró, cosa curiosa, en su actitud hacia la tripulación. Sus puños estaban siempre prestos y actuaban con mayor frecuencia cada vez al correr de los días. Sin embargo, cuando pegaba, el hombre reía siempre. Parecía como si su risa fuera el freno que se ponía a sí mismo. Era posible imaginar que si no hubiera reído, su menor ademán de impaciencia habría resultado una rabia asesina. Podía haber matado por pequeñas faltas. Pero reía, y de ese modo se refrenaba.

Sus hombres, en su mayor parte, percibían esto sin comprenderlo. Había siempre una extraña lealtad en las tripulaciones de Black Pawl. Esto era bien conocido, y extrañaba a los que lo sabían. En aquel barco se daban más golpes que en cualquiera otro que pretendiera ser normal. No obstante, la tripulación resultaba leal. En tierra estaban siempre dispuestos a luchar para defender a su capitán. Le tenían cariño de algún modo. Sentían, sin comprenderlo, simpatía por el hombre. En una ocasión uno de los hombres más viejos, que había realizado con él cuatro viajes completos, le dio forma verbal.

—No dice nada —dijo el hombre—. Es como si sólo hablara con los puños. El hombre está hecho pedazos y a mal con el mundo. Eso se echa de ver pronto. Lleva una carga encima.

Así que todos soportaban sus sopapos, se volvían a erguir, sonreían y no se sentían ofendidos.

En el *Deborah,* sin embargo, existían dos excepciones de la regla. Una de ellas era Red Pawl, su hijo y segundo de a bordo. Cuando Red Pawl pegaba a un hombre, había deseos de asesinar en el golpe y veneno en el ojo que le guiaba.

Odiado por todos los hombres y odiando a todos los hombres, no tenía amigos a bordo. En cierto modo era como un perro rabioso. Su odio más profundo se dirigía hacia su jefe, su padre, el único hombre a quien debía haber estimado y servido. Lo mismo que cuando un perro rabioso muerde primero la mano bienquista, lo mismo que un elefante loco ataca primero a su propio naire, el odio de Red Pawl se centraba en su padre. Era este odio lo que le impulsaba a cultivar a la tripulación, a sembrar el descontento entre ella, a llevar las cosas a un punto que tenía que terminar con la destrucción del capitán.

Es cierto que tenía poco éxito. No obstante... insistía. El único hombre a bordo que le escuchaba de buena gana era Spiess, aquel a quien Black Pawl había pegado el día que llevaron a bordo al misionero y a la muchacha. Este Spiess era, aparte de Red Pawl, el único hombre del barco que no sentía una simpatía secreta por la tragedia que se reflejaba en el rostro del capitán. Odiaba a Black Pawl con el odio del débil hacia el fuerte. El capitán veía esto y experimentaba un burlón placer en soliviantar a Spiess y en molestarle, llevándole al extremo de una abierta lucha.

Ésta estuvo cerca de producirse un día cuando Black Pawl atravesó la cubierta y se dirigió el combés. Spiess estaba arrodillado fregando la cubierta, y el capitán, al pasar, le dio un puntapié. Spiess cayó de bruces y Black Pawl se echó a reír.

—¡Apártate de mi camino, Spiess! —le advirtió el capitán.

Spiess se levantó tambaleándose y miró alrededor. Red Pawl estaba en la popa, y Spiess observó sus ojos. Más allá de Red se encontraban Dan Darrin y la muchacha. Estos dos parecían cada vez más unidos conforme el tiempo pasaba. Pero Spiess vio sólo a Red Pawl, y en sus ojos sorprendió quizás una mirada de estímulo, pues se volvió y embistió al capitán con la ciega ferocidad de un toro.

El rostro de Black Pawl se contrajo sombríamente cuando el hombre atacó; luego alcanzó con la mano abierta una mejilla de Spiess y a continuación la otra, cosa que hizo que el marinero quedara en pie y tembloroso debido al mareo que le produjeron los dos golpes. Mientras estaba así, indefenso, Black Pawl le soltó lo que pareció la coz de una mula, y Spiess se marchó haciendo eses por la cubierta hasta que llegó a la borda opuesta, donde cayó.

Cuando Spiess levantó la cabeza, Black Pawl se echó a reír y dijo:

—La próxima no emplees sólo tus puños, Spiess.

El hombre murmuró algo.

—Sí, así lo haré.

Black Pawl asintió alegremente y olvidó lo que tenía que hacer en el combés, regresando de nuevo a popa. Allí, Red Pawl, abiertamente rebelde, le advirtió:

—Ya te he dicho que apartes tus manos de los hombres de mi bote.

—¡Tonterías! —contestó su padre sonriendo—. Enseña maneras a tus hombres, muchacho.

Y pasando ante Red, se reunió con la muchacha. Ésta lo había observado todo, y aún seguía observándolo, con el rostro inmóvil y blanco. Black Pawl sintió una curiosa necesidad de disculparse ante ella por lo que había hecho. Pero no lo hizo, pues esto no entraba en la naturaleza del hombre. En lugar de ello, dijo en tono de desafío:

—Es un modo de manejar a los hombres, Ruth.

La joven respondió atrevidamente:

—Un mal modo, capitán Pawl.

El capitán se echó a reír ante estas palabras y le tocó ligeramente la barbilla.

—¡Vamos, vamos! Da resultado.

Ruth pensó que debía condenarle. Pero no pudo. El encanto del hombre la dominaba lo mismo que dominaba a los demás. Sentía simpatía por él, y no podía menos de sentirla, hiciera lo que hiciese. Tenía atractivo, y tenía también, con toda su fuerza y su orgullo, una debilidad que emocionaba su maternal corazón. Sentía lástima de él sin saber por qué. En realidad no se daba cuenta de que le tenía lástima. Lo único que sabía era que le resultaba simpático, hiciera lo que hiciese. Así que, a despecho de sí misma, pensó que debía sonreírle, y Black Pawl, viendo la sonrisa, exclamó:

—Así está mejor.

—Se dará usted cuenta de que a los hombres no les importa —había dicho un día Dan Darrin hablando con la joven—. Lo toman como una parte del juego, y no encontrará usted una tripulación más unida en caso de peligro.

La joven asintió con un movimiento de cabeza y murmuró pensativamente:

—Me parece que sus hombres le son muy adictos, capitán Pawl.

Black Pawl miró a todo lo largo de su barco con alegría en sus ojos y una mueca en sus labios.

—Sí, Ruth, lo son. —Luego, acompañando sus palabras con una risa sin alegría, añadió—: ¡Dios sabe por qué!

La joven se preguntó, cuando se quedó sola, por qué se sentiría tan atraída por aquel hombre. Se decía que personificaba brutalidades que debía condenar. Sin embargo, experimentaba simpatía hacia él, le admiraba... y algo más. Sentía una ternura por Black Pawl que no podía ni definir ni negar. Eso aumentaba su asombro e incluso la asustaba un poco. Habló de esto al viejo misionero, que explicó:

—Existe en él una bondad fundamental, eso es todo. A despecho de sí mismo, Black Pawl es un hombre bueno y admirable.

Cuando ella y Darrin estuvieron juntos, hizo que el joven la hablase de Black Pawl. Nada podía gustar más a Darrin. Porque quería a Black Pawl, y el hombre que pintó a la muchacha era de heroicas proporciones y de fuerza de vikingo, y las anécdotas que contó sobre sus hazañas fueron como leyendas. Ruth le preguntó un día a Darrin lo que significaba el nombre de Black Pawl, y Dan contestó:

—Fue bautizado con el nombre de Dan, y su hijo también.

La joven sonrió sorprendida. Dan continuó:

—Tres de los que navegan en el *Deborah* llevan el nombre de Dan, y los tres son oficiales.

Los ojos de Ruth se cerraron pensativamente y la joven guardó silencio. Recordaba lo que su madre le había dicho una vez: «Ten confianza en un hombre si se llama Dan. Son buenos hombres, Ruth. La cosa va con el nombre».

Ruth se había preguntado en aquel entonces si su padre se llamaría Dan. Y a continuación se lo preguntó a su madre. La mujer se estremeció ligeramente y repuso:

—No. Se llamaba Michael... Michael Lytton, Ruth. No olvides nunca este nombre, Ruth.

Su madre le había contado muy poco sobre su padre. Éste había muerto, según decía, cuando Ruth era aún una niña. Ahora la joven pensó en él, pero desechó sus pensamiento y comenzó a hablar de nuevo a Dan Darrin, y su conversación pasó de un tema a otro.

«Ten confianza en un hombre que se llame Dan», había dicho su madre, y ella había tenido confianza y querido a Dan Darrin desde el principio. Era una muchacha, y las fantasías de una muchacha corren mucho en esas cosas de los nombres.

Sin embargo, no sentía lo mismo hacia Red Pawl, aun cuando éste también se llamaba Dan. Le tenía antipatía, y su insistente compañía la molestaba. A veces le resultaba difícil librarse de él.

Black Pawl percibió esto una mañana cuando la joven se apartó del segundo de a bordo con las mejillas encendidas y pasos rápidos que la llevaron abajo. Y los ojos de Black Pawl, al mirar a su hijo, adquirieron una expresión amenazadora.

Pero Red Pawl no reparó en ello. Miraba hacia la cámara, en donde la muchacha se había refugiado.

V

La sombría historia que el misionero escuchó de labios de Black Pawl permanecía en su pensamiento. No podía olvidarla. Pensaba en ella sin cesar, preguntándose cosas, haciendo indagaciones en busca de la clave.

No quería hablar de ello de nuevo con Black Pawl. Desde la noche de las confidencias, el capitán le había evitado con algo de vergüenza en sus maneras, como si estuviera arrepentido de haber hablado. Al hombre de iglesia no le gustaba molestar a nadie. Comprendía que Black Pawl debía odiar, pensar o hablar sobre lo que había sucedido. Pero la mente del misionero pensaba en ello de continuo, observaba a Pawl y reflexionaba.

Produce cierto consuelo y alivio hablar de nuestras propias miserias. Es como si al revelarlas a otro nos quitáramos la carga de nuestros propios hombros. Black Pawl, hasta que no habló al misionero, no había probado jamás este consuelo, y habiéndolo probado, era inevitable que lo buscara de nuevo. El misionero comprendía esto lo mismo que comprendía la cuestión. Así que esperó con paciencia, y al final, como esperaba, Black Pawl trajo a colación el cuento una vez más.

—He estado pensando, padre —dijo con cierto burlón respeto en su tono—, en lo que usted quiso decir cuando afirmó que sentía lástima de mí por lo que vendría sin duda.

El misionero no contestó inmediatamente, y cuando habló fue para hacer otra pregunta.

—Black Pawl —dijo—, ¿está usted seguro de que su esposa y su hija están muertas?

El capitán rió con risa amarga.

—Seguro.

—Me dijo usted que los... hombres depravados lo negaron.

—Al principio sí —repuso Black Pawl—. Pero al cabo, poco antes de que les rompiera el cuello, buscando salvar su indigna vida, el jefe de ellos lo admitió todo.

El misionero reflexionó un tiempo con la mirada perdida a lo lejos, tan lejos como sus pensamientos.

—¿Hay algún medio por el que usted hubiera podido reconocerlas, si hubiese encontrado a las dos? —preguntó—. No sólo a su esposa sino... a su hija.

—Sí —contestó Black Pawl—. Las hubiera reconocido.

Su voz se ahogó en su garganta.

—Pero usted nunca vio a la niña.

—No.

—¿Cómo puede saberlo entonces?

El capitán miró alrededor y preguntó con entonación dura:

—¿Cómo podía no reconocer lo que es mío?

Había una amable persistencia en el misionero. Ahora hizo como si no hubiese escuchado la réplica del capitán.

—Capitán Pawl —dijo—. En este mundo se producen extrañas coincidencias. No siempre es posible estar seguro.

—No es imposible —replicó el capitán—, pues yo estoy seguro.

—Ese hombre moribundo pudo haber mentido.

Black Pawl echó hacia atrás la cabeza.

—Padre —exclamó—, ya pensé en eso y le llamé mentiroso. Pero él me mostró un cajón escondido en el camarote de su asquerosa goleta, y del cajón sacó un anillo de boda. Lo reconocí. Así que estuve seguro.

—Así que... el anillo de boda. —Fue como si el misionero hablase para sí mismo, y a continuación preguntó—: ¿Conserva usted el anillo?

—Sí —contestó Black Pawl.

El hombre de iglesia pensó un momento.

—Usted le debió dar a ella... otras joyas, no me cabe

la menor duda —sugirió—. ¿También las tenía ese hombre?

Black Pawl sacudió la cabeza.

—No era dada a tales tonterías. Había sólo un pequeño medallón. Cuando yo, acompañado de nuestro hijo, la dejé la última vez, hicimos un daguerrotipo del muchacho para que ella lo pudiera llevar en un medallón colgado de su garganta. No valía la pena de que se lo robaran o se perdió antes del final. Al menos aquel hombre no lo tenía.

—¿Se lo pidió usted?

—No. Cuando él me mostró el anillo de boda, estaba a cinco segundos de la muerte.

—¿Cómo era ese medallón? —continuó el misionero.

Pero Black Pawl no pudo soportarlo más.

—¡Vamos, se ha acabado! —gritó, y su voz se rompió en una carcajada—. Este ahondar en los años muertos es una tarea de locos, padre. Se ha acabado de una vez.

Durante un espacio de tiempo que duró varios minutos, el misionero permaneció caviloso, mientras Black Pawl se paseaba por la cubierta tras él, gritando órdenes de cuando en cuando a los rezagados en el trabajo. Al fin se detuvo, acercándose de nuevo al misionero.

—¿Por qué me tiene lástima, padre? —preguntó—. No me ha contestado a esto.

Los tranquilos ojos del misionero le miraron y el hombre de iglesia repuso con voz firme:

—Por lo que tiene usted ante sí, capitán Pawl.

Black contestó con una risotada.

—Sí, usted dijo eso. ¡Profetice, padre, profetice! ¿Qué es lo que se halla ante mí?

—¿Quiere usted a su hijo? —preguntó el misionero.

Black Pawl torció el gesto y luego rió de nuevo.

—¡Oh, sí! —contestó.

—Porque es su hijo, sangre de su sangre —afirmó el hombre de iglesia—. Pero... también odia usted a su hijo.

El capitán sonrió sombríamente.

—Pero eso es una paradoja, no una profecía.

—Hay mal en él —continuó el misionero—. La sangre

que usted le dio, la vida que usted le dio, han engendrado el mal en el hombre. Y usted posee un espíritu de justicia, y a causa de esa justicia odia el mal de Red Pawl. Le compadezco, capitán, pues algún día tendrá usted que elegir entre la sangre del hijo que usted quiere y el mal del hijo que usted odia. Y no será una elección fácil.

Los dedos de Black Pawl chascaron.

—¡Caramba! —exclamó—. De muchacho le puse las manos encima. Puedo volverlo a hacer. Puedo castigar si es necesario.

—Red no es ya un muchacho —replicó el misionero—. Es lo peor de usted, vivo ante sus ojos, amigo mío.

—Bien —exclamó el capitán—, ¿no le parece algo admirable ver los pecados de uno tan claramente?

El misionero titubeó; luego, levantando su mano, sonrió.

—Capitán —dijo—, usted es un hombre y mi amigo. Lo quiera usted o no, le dedicaré mis plegarias.

—Por lo menos no harán ningún daño —contestó Black Pawl.

Tras la burla de su tono había una sencilla y sincera gratitud por aquella amistad.

VI

Dos días después, el *Deborah* tuvo mal tiempo. A media mañana el viento comenzó a levantarse desagradablemente. El barómetro descendió y los cielos aparecían cubiertos. Black Pawl había hecho avanzar a la goleta a toda vela. Era un hombre atrevido, sin llegar a la temeridad, y cuando los signos se volvían contra él, ordenaba acortar velas en la parte de proa y en el palo mayor. Dan Darrin estaba de guardia en cubierta y avanzó para dirigir el trabajo. Black Pawl se hallaba en la popa con el viejo misionero. El segundo de a bordo se encontraba abajo en su camarote y Ruth en el suyo.

A mitad del trabajo, el capitán se volvió y dijo:

—Lo mejor es que se vaya usted abajo, padre. Este viento es muy molesto.

El viejo misionero sacudió la cabeza. Sus mejillas estaban encarnadas debidos a los golpes de viento y de la espuma, y sus ojos brillaban.

—Todavía queda resistencia en este viejo cuerpo mío para que me guste esto —repuso.

Black Pawl sonrió. Luego miró a Dan Darrin y le hizo señas de que vigilase durante un tiempo. Pensaba ir abajo en busca de su ropa de tempestad, para volver luego a hacerse cargo de la cubierta. Su intención era permanecer nada más que un minuto. Pero cuando bajó la escalerilla, el barco, la tempestad y el mar se le olvidaron ante lo que vio.

La puerta del camarote de la muchacha estaba abierta, y más allá del umbral Ruth luchaba en los brazos de Red Pawl. La joven luchaba en silencio, empujando a Red con las manos apoyadas en su pecho, mientras que

Red reía y murmuraba palabras.

Ante aquello, Black Pawl sintió que en su pecho se agitaba algo que él no sabía que estuviera allí. Un ardiente flujo de pasión y de ira. Por un instante permaneció inmóvil, luchando contra los latidos de su propio corazón; su rostro se tornó negro. La muchacha le vio entonces y le llamó en voz baja.

—¡Capitán Pawl, haga el favor!

Pudo darse cuenta de que la voz de la muchacha era tranquila y estaba desprovista de miedo.

Cuando la joven habló, Red Pawl volvió la cabeza y por encima de su hombro vio a su padre. Entonces soltó a la muchacha y se volvió medio encorvado. Adelantó dos pasos, llegando hasta la mesa del camarote, y apoyó sus grandes manos en ella. Luego miró a Black Pawl de hito en hito.

En aquel instante la ira del capitán rompió sus barreras. Avanzó con la rapidez y silenciosa cautela de un animal feroz; a la vista de su convulsivo rostro, la muchacha se estremeció. Pero continuó en su rincón observando. El camarote era tan pequeño que no dejaba espacio para la menor maniobra. La mesa del centro ocupaba casi todo el sitio. Era como presenciar la pelea de dos leones en un hoyo. Black Pawl, en su ataque, pareció no ver la mesa. Tropezó contra ella con sus muslos, y fuerte como era y sujeta como estaba al suelo, fue arrancada y lanzada contra Red Pawl, haciéndole retroceder. Por un instante, Red Pawl quedó prisionero contra la pared, la mesa frente a sus piernas y los enormes puños nudosos de su padre golpeándole.

Cuando Red era niño, Black Pawl jamás le había pegado con ira, y ahora, ante aquellos primeros golpes, el hijo sintió una cólera tan grande como la de Black Pawl. El muchacho se agachó, inclinó la espalda y apartó la mesa con sus rodillas. A continuación se lanzó contra Black Pawl desde un lado, con la cabeza baja, enroscó sus brazos en torno a la cintura de su padre, y los dos cuerpos cayeron sobre la mesa, haciéndola añicos.

El súbito tumulto en el camarote atrajo al misionero y a Dan Darrin, que llegaron corriendo. Prisionero entre los brazos de su hijo, Black Pawl los vio y ordenó con firme y seguro tono:

—¡Dan, a cubierta! ¡Hazte cargo del barco! ¡Padre, márchese! Tengo que dar una lección aquí.

Dan obedeció al instante. Pero el misionero se detuvo junto a la escalerilla para observar. Los brazos de Red Pawl apretaron más a su padre, como si quisiera aplastarle.

Red era el más fuerte. Poseía una complexión ancha, gruesa, estaba construido sólido sobre el suelo, mientras que Black Pawl era delgado y largo. Sin embargo, Black Pawl conocía muchas triquiñuelas, y con los años su fuerza había madurado sin decaer. Cogido ahora por el hombre más fuerte, atenazado por aquel abrazo, sintió un terrible acceso de ferocidad. Se las arregló para dar a Red con su largo brazo un golpe, que al caer hizo casi dar una vuelta a la cabeza de Red sobre sus hombros. Durante un instante se distendieron los músculos del hombre más joven, pero aquello bastó para que Black Pawl colocara el codo bajo la garganta de su hijo, empujando entonces hacia arriba. Red, finalmente, se vio obligado a soltar el abrazo, porque de no hacerlo su padre le hubiera separado la cabeza de los hombros. Retrocedió luchando por respirar, y Black Pawl se echó hacia un lado y se puso en pie, quedando libre. Acto seguido retrocedió y sus pulmones aspiraron profundamente el aire. Un momento después Red Pawl se enderezó también, bajó la cabeza y embistió.

Black Pawl era demasiado prudente para dejarse recibir un golpe con la cabeza baja. Había visto a más de un incauto tratar de recibirlo con los puños y perder la pelea. Cuando Red se acercó, se apartó a un lado con rapidez, levantando un pie, Red tropezó con el pie y fue a dar contra la pared del camarote con tal estrépito que hubiese aturdido a un hombre más débil. Cuando se enderezó, Black Pawl lanzó un golpe contra su rostro, que llevó de nuevo la cabeza de Red contra la pared. Entonces el joven hizo esfuerzos, levantándose con la ayuda de sus codos y hombros, en un intento de acercarse de nuevo.

Black Pawl continuaba siendo demasiado ligero para él. Aquello era como una corrida de toros. Red era el toro, y los golpes de Black Pawl le alcanzaban una y otra vez mientras él atacaba sin resultado, pasando ante el hombre más viejo. Al final Red comprendió que lo que intentaba hacer no podía ser llevado a efecto de aquella forma. Debía detenerse y luchar. Así que cambió de táctica. Echándose hacia atrás, se puso en guardia y contuvo el aliento mientras Black Pawl se disponía a proseguir la lucha. Red estaba contento de esperar, calculando los golpes que vendrían mientras recuperaba sus fuerzas.

Cuando estuvo dispuesto, levantó la cabeza y empezó.

En una lucha como aquélla, Black Pawl tenía todas las ventajas. Era más alto, más rápido de pies, y su contrincante poseía más pulgadas de carne en donde golpear. Sus nudillos cortaron la mejilla de Red, aplastaron la boca de Red, trazaron un mapa en su rostro y hubieran matado a otro hombre. En cuanto a Red, no buscaba la cabeza. Trabajaba en los riñones de Black Pawl. Pero los puños de Black Pawl tenían un modo de castigar los bíceps o las muñecas de Red que los golpes de éste no podían ser muy fuertes. Mientras tanto, hizo lo que quiso con su hijo; una docena de golpes como aquéllos habrían dejado fuera de combate a un hombre más débil.

Después de un tiempo la cosa estuvo clara para ambos. Red se dio cuenta de que Black Pawl no le vencería, de que podría resistir todo lo que su padre le hiciera. Y Black supo esto tan rápidamente como su hijo. Sin embargo, él podría hacer pedazos a Red con sus golpes. El segundo de a bordo saldría derrotado al final. Black Pawl pegaba, pegaba y pegaba.

Red escondió la cabeza en el refugio de su hombro izquierdo y dejó descansar a su brazo derecho, defendiéndose con el izquierdo, y entonces esperó y esperó, en busca de la oportunidad deseada. Tarde o temprano, el mentón de su padre quedaría al alcance de su puño, y cuando esto ocuriera...

Esta oportunidad no tardó en presentarse. Encajó un directo que pasó a través de su hombro y colocó el rostro de Black Pawl a escasas pulgadas de su propio rostro. Antes de que el capitán pudiera ponerse en guardia, la derecha de Red dio de lleno en la barbilla de Black Pawl, un poco hacia la izquierda, donde los músculos de la mandíbula y del cráneo se comunican con los nervios que llevan los mensajes al cerebro. Black Pawl retrocedió tambaleándose, débil e indefenso, y Red contuvo el aliento y saltó.

No medió más que el espacio de un segundo entre el golpe de Red y su ataque posterior. Pero este segundo fue suficiente para que la debilidad pasara. Fue suficiente para que Black Pawl recuperase de nuevo el dominio de su sacudido cuerpo. Entonces Red le cogió de nuevo por la cintura y Black sintió la cadera de su hijo contra su muslo, y adivinó lo que iba a venir. La lucha para la que no tenía guardia ni defensa, excepto la de evitarla. Black Pawl se puso inerte. Pero cuando sus pies se separaron del suelo, sus manos buscaron la presa que anhelaban. Sus largos dedos cogieron el cuello de su hijo, y apretó y apretó en el sitio debido.

Estaba en el aire, con su peso flotante. Sin embargo, sus manos seguían apretando la garganta de Red. Esto hizo que Red Pawl fuera hacia delante balanceando a su padre. El hijo intentó dar una vuelta. Pero los dedos de Black Pawl se hundieron entre los grandes músculos de ambos lados del cuello, con el gaznate en medio. Su paralizante presión cortó el aliento a Red. Detuvo la sangre en las grandes arterias que alimentaban el cerebro. El hijo sintió que la insensibilidad le envolvía. Entonces, con un gran esfuerzo, levantó el codo hacia la garganta de Black Pawl y rompió el abrazo. De nuevo se encontró libre de aquel asfixiante terror. Pero estaban enlazados como serpientes enroscadas en el suelo.

La mano de Black Pawl se deslizó bajo el brazo de su hijo y con toda su fuerza hundió el pulgar en la tierna carne que cubre las costillas bajo el sobaco. No hay un dolor más fuerte que éste, y Red Pawl gritó y buscó frenéticamente la muñeca de su padre.

En el instante siguiente, los dedos de Black Pawl buscaron la garganta de su hijo. Red aflojó y sintió un ahogo, quedando inmóvil. Black Pawl le pegó entonces una y otra vez. Luego lo dejó a un lado, se puso en pie y permaneció mirando a su postrado hijo.

Su camisa estaba hecha jirones, su cabello, color de acero, le cubría los ojos, la sangre manchaba su hombro y su boca. No obstante, seguía siendo una heroica e inconquistable figura poderosa y segura. La muchacha, que lo había presenciado todo desde el umbral en silencio, dejó escapar ahora un sollozo casi sin aliento. Black Pawl miró hacia ella y rió con sus ensangrentados labios. Luego tornó a mirar a su hijo, que volvía medio asfixiado a la vida. El misionero había permanecido impasible en la escalerilla durante la lucha, observando a los dos hombres.

Los tres contemplaban ahora al hombre que yacía en el suelo. Red Pawl se quejó y jadeó, y por fin pudo respirar de nuevo. Se incorporó débilmente apoyado en un brazo. Black Pawl se inclinó entonces y le levantó pasándole una mano por debajo del cuello. Luego le dio un golpecito en la mejilla.

—¡A cubierta! —exclamó—. ¡A cubierta, y rápido!

Lanzando una mirada asesina a su padre, Red Pawl se volvió tambaleándose y se dirigió a la escalerilla. A medio camino se detuvo y miró de nuevo al capitán con ojos sin expresión. Black Pawl se echó a reír y movió al desgaire una mano.

—¡Rápido, arriba! —repitió.

Red se fue a cubierta, desapareciendo de la vista. Cuando estuvo fuera, su padre miró de manera incierta a su alrededor y empezó a temblar y a tambalearse sobre sus pies. Luego se dejó caer suavemente hasta el suelo y, apoyándose contra la pared del camarote, cerró los ojos. La muchacha llegó corriendo hasta él, sollozando. Cuando el capitán abrió los ojos y vio su rostro inclinado sobre él, sonrió. La vieja ironía bailaba en sus ojos, y alargando un brazo y pasándolo por el cuello de la joven, la atrajo hacia sí y la besó, sin dejar de reír.

—Me lo he ganado, ¿no? —preguntó.

La muchacha se tornó encarnada y por sus ojos pasó una sombra de pena. El viejo misionero miró a uno y a otro, pero no dijo nada.

—Vamos, ¿refunfuña usted por ese beso? —preguntó alegremente Black Pawl.

Ruth contestó en voz baja:

—Yo se lo hubiera dado. Siento que me lo haya robado usted así.

—Entonces démelo —repuso el capitán.

Ruth se inclinó y le besó en la frente, poniéndole la mano en el cabello. Y el corazón del capitán saltó ante la caricia.

—¿No valía la pena presenciar esa lucha, Ruth? —exclamó—. ¿No valía la pena vencer?

—Ha sido terrible —contestó la joven—. ¡Oh, aun cuando él es su hijo, temo por usted! Había un deseo de muerte en sus ojos, capitán.

El capitán tornó a reír y, poniéndose en pie, permaneció tambaleándose.

—¡Caramba! —exclamó—. Es usted muy fantasiosa. Pero no es un hombre para tenerle miedo; no hay que tenerle miedo.

La muchacha miró al misionero y vio que sus ojos eran un espejo de su propio miedo, y que también había en ellos pena. Pero la joven no dijo nada más.

VII

Después de la lucha con su hijo un cambio se operó en el capitán Pawl, un cambio que intranquilizó al misionero.

Black Pawl le dijo al siguiente día:

—Bien, padre, es usted un verdadero profeta. La cosa salió como anunció usted. Pero ya ha visto que ha acabado, y ningún daño ha venido de ello.

—Se ha presentado —repuso el misionero—. Pero no ha concluido.

—Por lo menos es usted un profeta persistente —contestó el capitán—. ¿Qué más puede suceder?

El misionero replicó:

—¿Se ha dado usted cuenta de que el segundo de a bordo habla en voz baja con la tripulación?

—Sí. Red siempre ha sido muy murmurador.

—¿No hay daño en que murmuren de usted así?

Black Pawl sonrió y movió una mano.

—Soy duro con mis hombres, pero ellos me quieren —repuso en tono jactancioso—. Incluso me cuentan lo que Red les dice en voz baja. Nadie le escucha.

—¿Nadie? —inquirió el misionero.

Black Pawl repitió de nuevo:

—Nadie.

Hablaba con seguridad. Pero había un asomo de duda en su voz. Una duda que se negaba a admitir, pero que no podía menos de sentir. Había visto, como cualquiera podía ver, la negrura del corazón de Red, que se transparentaba en sus ojos después de la pelea. Había visto el mal en el hombre y como Red era su hijo, y como Red era malo, el corazón de Black Pawl parecía próximo a estallar.

Ocultaba esto, o creía que lo ocultaba, ya que estaba habituado a esconder todas las tragedias de su vida. Se tornó más fanfarrón, más osado, más dado a la burla en sus risas. Un especie de inquietud le consumía. Su natural decencia quedaba ahogada por la agonía que le producía la traición de Red. Red era su hijo, su única sangre en el mundo, y si Red Pawl no valía la pena, ¿qué le restaba en la vida? ¿De qué servía la rectitud?

De la mano de aquella inquietante desesperación, se le presentaba otro impulso peor. Para él no había existido nunca más que una mujer, y nunca habría otra, según se decía, a quien no pudiera despreciar. No obstante... ahora no podía despreciar a Ruth Lytton.

Sentía ternura hacia ella, y como siempre se había dicho que nunca podría sentir ternura hacia una mujer, no aceptaba este sentimiento tal como era. La respetaba y, no obstante, se decía a sí mismo que ninguna mujer merecía respeto, ya que la única mujer que él había conocido no lo merecía. Quería a Ruth y, no obstante, se juraba que ninguna mujer merecía que la quisieran, ya que una de ellas había sido falsa. No obstante, un tierno afecto por Ruth crecía en él y persistía. ¿De qué servía sentir afecto ni querer? Sabía que no servía de nada. Se reía y se despreciaba a sí mismo, y despreciaba a ella y a todo el mundo.

Pero en los días que siguieron a la lucha, sus pensamientos volvieron a atormentarle en este sentido. Observaba a la joven reflexionando y reflexionando una y otra vez. Pensar en ella suponía ya un tormento. Era guapa, honesta y delicada, y esto representaba una tortura para él, que no creía que ninguna mujer fuera guapa, honesta o delicada. Inconscientemente la comparaba con Red Pawl, su hijo, y como ella era buena y Red era malo, pensaba que odiaba a la joven.

Sin embargo, él había luchado por ella... sí, y vencido por ella. Rió sin ganas ante este pensamiento. Recordaba el beso que ella le había dado en la frente y el contacto de su suave mano sobre su cabello, y el corazón le dolía ante el recuerdo. Cuando se acordaba del beso que él le había robado a ella, se sentía irritado. Sin embargo, había tomado besos como aquél antes y nunca se odió por ello. Siendo tan hermosa, ¿por qué no estaba acostumbrada a tales besos como otras mujeres lo estaban? ¿Por qué sobre su frente eran los labios de ella más dulces que el sabor de los labios de ella sobre los de él?

Desechó la idea del misterio. ¡Había que olvidar! No valía la pena preocuparse. Mas no lograba olvidar por más que hacía.

Black Pawl fue más desgraciado en aquellos días que lo había sido jamás, pues ahora sabía con mayor seguridad que nunca lo mucho que quería a Red Pawl. Era su hijo y el de ella, hijo de la única mujer que había querido. Recordaba al niño que salió al principio al mar con él, y al ver ahora al hombre en que aquel niño se había convertido, sentía dolor en su corazón. Solo, la cabeza le caía entre los brazos. En algunas ocasiones deseaba ir en busca del misionero para pedirle ayuda y consuelo. Pero rechazaba la idea. Aquélla era una carga que debía soportar él solo. Fuera como fuese su hijo, él, Black Pawl, le había hecho así.

Deseó desesperadamente al principio ir a buscar al muchacho y borrar lo ocurrido. Anhelaba hacer las paces con su hijo. Recordaba los días de camaradería con Red cuando éste era aún un chiquillo ansiando regresar. Pensaba en los negros capítulos de la vida a que había empujado a su hijo, y continuó dando latigazos a su propia alma con el látigo del recuerdo. En una ocasión, durante el segundo día, trató de hablar a Red como si nada hubiera sucedido entre ellos. Pero el segundo de a bordo le lanzó una fría mirada con ojos sombríos y medio cerrados, y Black Pawl dio media vuelta. No se habían dirigido la palabra desde la pelea. Black Pawl sabía en el fondo que la vieja camaradería no volvería a existir entre ellos.

Acabó por aceptar esto con su antigua e impía risa. Había *whisky* en una botella que tenía en su camarote, y se lo bebió todo.

No era propio de Black Pawl rendirse ni a un hombre ni a Dios. Pero en aquellos días estuvo próximo a la rendición. Durante los días que siguieron bebió con cierta regularidad. No se emborrachaba nunca. Sus ojos no se empañaban jamás. Pero no estaba nunca del todo sereno;

en él había siempre una inquieta fanfarronería y un irrazonable descuido en todo.

Un día, en cubierta, Black Pawl habló con Ruth Lytton. La muchacha había presentido algo del pesar y de la aflicción que le envolvía, y se sentía atraída hacia él por una simpatía más fuerte de lo que imaginaba. Le compadecía profundamente, le quería ayudar e intentó de manera discreta consolarle y comprenderle, y cuando supo que bebía, se sintió triste e inquieta.

Aquel día, Black Pawl le preguntó si le gustaba el viaje. Ella le contestó que se sentía muy feliz. No era cierto. Le compadecía demasiado para ser feliz. Black Pawl le recordó el serio temporal con que habían luchado cuando la pelea con su hijo.

—¿Estaba usted asustada? —preguntó.

Ruth negó con un movimiento de cabeza.

—No —contestó—. No estuve asustada.

Black Pawl le tocó súbitamente la mano y se la cogió sonriendo.

—Creo que tiene usted mucho valor para ser mujer.

—No siento miedo a menudo —repuso la joven.

Black Pawl la cogió por un hombro y la volvió hacia él.

—¿Ha tenido usted alguna vez miedo de mí? —preguntó.

Ruth sonrió.

—No.

—¿Ni siquiera cuando le robé aquel beso... en el camarote?

—No. Yo no puedo tener nunca miedo de usted —contestó la joven mirándole gravemente a los ojos.

Dan Darrin se presentó en aquel momento con una pregunta y mientras él y el capitán hablaban, la muchacha se apartó y se fue abajo. Black Pawl, observándola, apenas si oyó lo que Darrin le decía. ¡Diablo de muchacha; tan casta, valiente y buena! Haría bien en tener miedo de él. Y pensó que debía enseñarle esta treta algún día.

Cuando Darrin se marchó, Black Pawl se maldijo por sus pensamientos. Pero... tenía bebida en el cuerpo, su corazón estaba roto por Red Pawl y en el mundo no contaba con nada a que asirse.

VIII

Cuando Black Pawl se jactó ante el misionero de que sus hombres le eran tan leales que le contaban todo lo que les decía Red Pawl, no se apartaba de la verdad. Pero cuando afirmó que ninguno de ellos escuchaba al segundo de a bordo, se equivocaba. Había uno: Spiess. Spiess tenía en él algo más que su repulsivo exterior. El hombre era un blanco natural de las palabras acerbas y de los golpes. Además, no poseía ese buen humor fundamental que hacía que los demás hombres de la tripulación se rieran ante los amistosos golpes de Black Pawl. También le faltaba la cordial simpatía que poseían los otros, los cuales sabían ver la desesperación que el capitán ocultaba tras de su amable violencia.

Spiess escuchaba a Red Pawl con absoluta devoción. Red hizo del hombre un hipócrita, utilizándole para sus propios fines. El segundo de a bordo odiaba a su padre, pero también le temía. En sus pensamientos deseaba la muerte para el capitán. Pero jamás se hubiese atrevido a asestarle el golpe por sí mismo. Podía haberlo hecho en una docena de ocasiones. Black Pawl no se preocupaba lo más mínimo de su propia seguridad. Nunca llevaba encima ninguno de los revólveres que guardaba en su camarote. Darrin era lo mismo que él en esto. Pero Red Pawl iba habitualmente armado. El capitán tenía fe en sus puños, y con cierta razón. Acostumbraba a boxear en broma con sus delgados puños contra dos hombres a la vez, salvo quizá su hijo.

Un día, Red Pawl habló de esto a Spiess.

—Uno puede maldecirle entre dientes —dijo el segundo de a bordo abiertamente—. Pero ¿de qué sirve?

Él le puede a uno con sus manos abiertas, mientras que uno no puede tocarle a él con las suyas. Recuerda que él te dijo que la siguiente vez llevaras algo mejor que los puños.

Spiess, cogiendo el timón, dijo entre dientes:

—Sí, y lo haré.

Red Pawl sonrió.

—Sí, ahora dices que harás esto y lo otro —repuso en tono de burla—. Pero no harás nada, salvo tomar lo que él te dé y hablar mal de él a sus espaldas.

—Lo haré —repitió Spiess, que lanzó una mirada de través al segundo de a bordo y añadió—: Lo haré, si cuando lo haga tú me respaldas.

En su odio hacia el capitán, Red Pawl había abandonado toda preocupación.

—Cuando lo hagas —dijo— yo seré el amo del *Deborah,* y no te respaldaré sino que te daré en la espalda. Y... veremos si en el cuaderno de bitácora consta como tú deseas. ¡Cuando lo hagas!

Spiess le miró cautelosamente. No sentía confianza en nadie.

—Cuando lo haga —dijo sombríamente— el libro de bitácora puede irse al diablo.

En aquel momento apareció Black Pawl y Red se alejó del timón. El capitán se rió de ambos.

La jactancia de Black Pawl a propósito de que sus hombres le contaban lo que Red Pawl les murmuraba, le vino a las mientes al siguiente día, cuando el viejo Flexer, que había navegado durante doce años en los barcos de Black Pawl, se acercó a él. Flexer había sido timonel y, por lo tanto, también arponero en el bote del perdido cuarto de a bordo cuyo puesto no había sido ocupado. Vivía con los otros arponeros en la parte delantera de la cámara. Él y sus compañeros no eran ni carne ni pescado. No pertenecían a la tripulación, no pertenecían a la cámara. El suyo era un estado intermedio y gozaba de sus privilegios. La tripulación, por ejemplo, nunca iba a la parte de popa ni a las calderas, excepto cuando tenían algún deber de cumplir allí. Pero los arponeros andaban libres por la goleta, desde el guardabauprés a la cocina, y llegaban hasta el saltillo de cubierta. Había tres.

Uno era un isleño y el otro de Cabo Verde. Flexer, natural de Nueva Inglaterra, se mantenía un tanto apartado de los otros dos. También él tenía sus amigos a bordo.

Encontró oportunidad, un día en que Red Pawl estaba abajo, para hablar con el capitán. No desperdició las palabras.

—Black Pawl —empezó en el tono de un viejo amigo y no en el de un subordinado—, usted es un hombre atrevido y yo también tengo atrevimiento. Pienso decirle a usted una cosa que puede volverle contra mí.

Black Pawl miró al arponero con los ojos entornados. A continuación sonrió y advirtió al hombre:

—Lo mejor es que andes listo. Si me enfado contigo, te puedo hacer caer en la cubierta tan largo como eres. Soy rudo con mis puños, Flexer.

—Sí —repuso Flexer en tono amable—. Pero no hay rudeza en su corazón, capitán.

Black Pawl pareció asombrado.

—¿Has notado eso? —preguntó en tono burlón.

Flexer continuó con terquedad:

—Retenga esto, señor. El segundo de a bordo intenta hacerle daño a usted.

El rostro del capitán permaneció inmóvil un instante. Luego dijo alegremente:

—Así lo sospeché en el camarote el otro día cuando intentó aplastar mis entrañas con sus brazos.

—Sí, ya me enteré de eso —repuso Flexer—. Pero fue una lucha abierta, puños contra puños. Yo me refiero a algo peor.

Por un momento Flexer pensó que Black Pawl le iba a pegar. Sospechó que el capitán tenía alcohol en el cuerpo. Pero el patrón del barco mantuvo quieta su mano.

—¿Qué es eso peor a lo que te refieres, Flexer? —preguntó.

—Lo siguiente —contestó Flexer—. Que si los estúpidos de proa creen la mitad de lo que él les dice en voz baja, tendrá usted un cuchillo en la espalda antes de una hora.

Black rió abiertamente.

—¡Caramba, hombre! —exclamó—. He tenido cuchillos en cada pulgada de mi carne por delante y por detrás.

Sólo hacen brotar un poco de sangre.

—Red Pawl quiere que le salga un poco de vida —replicó Flexer.

Black Pawl no hizo caso de la advertencia.

—Incluso Red puede equivocarse alguna vez —contestó.

—Está el sacerdote —añadió Flexer— y... está la muchacha. Embarcaron con usted, en el barco de usted, no en el de Red Pawl, y aunque ellos no estuvieran, aunque los considerase usted unos extraños a bordo, aún entonces, Black Pawl, tendría usted que guardarse de su hijo.

—¿No le pude en el camarote?

—No. No. Le digo que ahora hay muerte en sus ojos para usted, y algo peor para ellos.

—¿Para ella?

—Para ella.

Black Pawl se apartó a un lado.

—¿Y por qué no? —preguntó—. ¿Por qué sería mejor que cualquiera otra mujer? ¿Por qué ha de estar tan guardada? Que ella sepa de la vida, ruda como es, como otras ya lo supieron antes.

Flexer miró cara a cara a su capitán; en su mirada había una clara condenación. A sus ojos, el capitán había caído.

—Cuentos de comadre, Flexer —dijo el capitán en tono burlón—. Olvídalos y guarda silencio, hombre. Guarda silencio.

IX

Ruth Lytton estaba muy preocupada por Black Pawl. Lo estaba porque su hijo era falso, y lo estaba más aún porque Black Pawl era falso consigo mismo. Éste bebía cada vez más, y había una fea nota en su voz y una fea mirada en sus ojos. Si ella pudiera odiarle, no se sentiría desgraciada. Pero como a despecho de sí misma sentía un tierno afecto por él, vivía acongojada.

Ruth encontraba sólo alivio a su infelicidad en las horas ocasionales que pasaba con Dan Darrin. Sin embargo, al principio no comprendió el significado de esto. El amor necesita ser reconocido. Su falsificación no es nunca modesta, nunca se esconde. Pero el amor puede dormir y puede permanecer escondido. Ruth Lytton descubrió que quería a Dan Darrin de una manera muy sencilla, que fue como sigue:

Era a última hora de la tarde. Ella y Darrin estaban juntos en la cuadra de popa. El viento había cesado a mediodía. Estaban tan cercanos a una calma chicha que las velas de la goleta no empujaban al barco. El sol estaba muy bajo y mostraba un incendio púrpura, ardiente e inmóvil. Dan había enviado a los hombres ociosos a que pusieran alquitrán en el aparejo aquí y allá, y uno de estos hombres estaba trabajando en el palo mayor, sobre el lugar donde ellos se encontraban. Dan y la muchacha charlaban del tiempo. No importaba lo que hablasen ni las palabras que emplearan. Habían llegado a ese punto en que incluso el silencio supone una dulce comunión. Sin embargo, lo que hablaban era del tiempo y especialmente de la próxima puesta del sol.

Entonces el hombre encaramado en el palo encima de

ellos tuvo ocasión de cambiar de sitio el cubo de alquitrán, y al hacerlo lo dejó caer. Inmediatamente gritó:

—¡Cubo abajo!

Ruth levantó la cabeza en el acto y vio el pesado cubo que caía.

De acuerdo con las leyes de la física, un objeto que cae baja a dieciséis pies por segundo, y sesenta y cuatro en dos... en el vacío. El hombre encaramado se hallaba quizás a cuarenta, quizás a cincuenta pies por encima de la cubierta, así que aun contando con la resistencia del quieto y ardiente aire, el cubo no tardaría más que dos segundos en llegar a cubierta. No obstante, este espacio de tiempo resultó para Ruth Lytton tan largo como la misma eternidad. Miró hacia arriba al oír el grito del hombre y vio el cubo a medio camino, descendiendo con poderosa y terrible majestad, lentamente, tan inevitable como una maldición. Dan Darrin no había mirado aún hacia arriba. Sus nervios y sus músculos eran de una afinación más lenta que los de ella. No tendría tiempo de ver lo que sucedía hasta que el cubo le cayera sobre la cabeza.

Ruth, en aquel breve lapso de tiempo, vio toda la tragedia que estaba a punto de producirse. El cubo se hallaba lleno de alquitrán y le daría a Dan de lleno. Seguramente aplastaría su cabeza, destruyéndole. Su corazón quedó agarrotado. La joven no podía respirar. Sólo podía observar aquel negro cubo que descendía como una maldición. Dan Darrin iba a morir ante sus ojos, y entonces pensó que sería mejor que fuera ella la que muriese. Y esto ¿por qué? ¿Por qué? Conocía la respuesta... La supo en aquel espacio de dos segundos o menos. ¿Por qué se le encogía el corazón ante el peligro que él estaba corriendo? ¡Porque le quería! He aquí por qué.

Pero el cubo tropezó con una cuerda y fue desviado de su trayectoria, cayendo en la cubierta a seis pies de Dan, y el mundo formó un remolino delante de ellos. Ruth vio que Dan miraba hacia el blanco rostro del hombre que se encontraba arriba del palo y exclamó:

—¡Descuidado! ¡Baja en seguida y limpia eso! ¡Rápido!

El hombre descendió poco a poco por el aparejo y

llegó a cubierta, y Dan le dio un sopapo para que hiciera su tarea. Por entonces, Ruth se había recobrado ya, aunque sus mejillas seguían pálidas y sus labios secos y temblorosos. Pero... podía vivir porque Dan estaba a salvo.

¡Ella le quería!

Siguieron con su charla en donde él la había dejado cuando el grito del hombre llegó hasta ellos.

—Sí —dijo—. La puesta del sol es todo lo que usted dice. Bastante hermosa. Pero... no hay vida en ella, no hay sustancia. Es tranquila, calmosa. Es el sueño o la muerte, la muerte del día. A mí deme usted el sol que sale, cuando llena el mundo de fuego. Eso le vivifica a uno y le da vida. Pero cuando el sol se pone, uno desea irse a la cama. —Sonrió ante sus propias palabras.— Cuando el sol aparece, yo quiero beber o luchar, o hacer el amor a una mujer.

Sus mejillas se encendieron.

Ruth quiso entonces apartarse de él. No tenía confianza en su lengua, que la podía traicionar. Con voz ronca dijo:

—Entonces me levantaré temprano por la mañana para ver la salida del sol. ¿Me dejará usted venir?

—Naturalmente, y yo estaré ya en cubierta.

Ruth se apartó del joven tan rápidamente que él se preguntó si la habría ofendido de algún modo. Pero la joven, con el rostro enterrado en la colchoneta de su camarote, pensaba: «Ha dicho que eso le haría desear hacer el amor a una mujer, y yo he dicho que subiría a ver salir el sol. ¡Oh! ¿Habrá entendido que yo deseaba que me hiciera el amor?» La joven se sintió turbada y desgraciada a consecuencia de esto, hasta que empezó a preguntarse cómo sabía que deseaba hacer el amor a mujeres cuando el sol salía. ¿Lo habría hecho alguna vez? ¿Quién era la mujer? ¿Y cómo confesaba haber hecho estas cosas?

«No voy a subir a cubierta por la mañana», se dijo Ruth.

Pero al día siguiente subió.

La salida del sol fue lo que Dan había prometido que sería.

La calma había persistido durante la noche, y el mar

estaba bruñido como bronce sobre su azul cuando la primera luz del día llegó hasta el agua. Dan, en la cuadra de popa, se preguntaba si la muchacha comparecería. Probablemente no. Dormiría como un leño, caliente y tranquila. Sonrió al pensar en ella dormida.

Pero la joven no dormía. Se hallaba despierta, diciéndose a sí misma que no debía de subir a cubierta y vistiéndose al mismo tiempo tan rápidamente como sus manos entumecidas podían mover las prendas de ropa. Antes de que el primer gris comenzase a teñirse de rosa, Dan la vio en la parte superior de la escalerilla, una blanca sombra en la blanca luz del amanecer.

Dan la llamó suavemente.

—Ha venido usted. Creí que se dormiría.

—Sí, he venido —contestó la joven.

—Y a tiempo. Lo mejor de todo es antes de que el sol alumbre el mar.

Ruth miró hacia oriente.

—¿Cuánto tardará eso?

—Veinte minutos ...o quizá media hora.

—Entonces no tenía que darme tanta prisa.

Hablaba con voz firme. Pero estaba tan rebosante de lo que había descubierto el día anterior, que apenas podía respirar. Ambos anduvieron hasta llegar a la borda, desde donde podían mirar entre estribor y los botes de popa. La joven miró a Dan de soslayo una vez y vio que el joven sonreía. ¿Por qué? Ruth se tornó furiosamente encarnada. Se estaba riendo de ella. ¡Había recordado! Creía que ella había subido por aquello.

El joven dijo:

—Cuando hay una nube baja, una nube oscura, es más bello. Hoy la línea del mar es como el filo de una hoja de cuchillo.

Ruth asintió con la cabeza, mirando aquella línea azul y bronce que se enfrentaba con los tibios colores de cielo. Dan la observaba a ella y no al cielo. Ruth señaló el lugar donde todavía brillaba una estrella, y ambos vieron que su fría luz era borrada por el tibio pincel del sol próximo.

—¿Ve usted? —dijo Ruth—. Su salida del sol es también muerte. Muerte para las estrellas y para la noche.

El joven sacudió la cabeza.

—No, la noche es muerte y las estrellas son fantasmas. Cuando sale el sol, la noche despierta a la vida y olvida a las estrellas.

Sin dejar de mirarle, Ruth dijo:

—Nunca le había oído a usted hablar así. Es usted... callado cuando los demás están a su alrededor.

—Ya le dije antes que la salida del sol obra sobre mí —repuso Dan sonriendo.

Algo tembló en ella. ¿Estaba él empezando? ¿Empezaría alguna vez? No había la menor reserva en el poderoso flujo de amor que ella sentía por Dan. Ahora que lo sabía de cierto, no podía ocultarlo. Y... los ojos de él estaban fijos en los de ella, y los de ella en los de él. Ruth podía verse en ellos, y Dan se daba cuenta de todo.

—Tiene usted frío —dijo Dan mirándola de un modo que ella no comprendió.

La joven sacudió la cabeza.

—No, no, no hable de mí —contestó.

Había dejado caer todas sus reservas. La muchacha se sentía transparente. Se había traicionado a sí misma con aquella frase y ahora no se atrevía a mirar al joven.

Dan la miró y a continuación dijo en tono seco:

—Pues yo quiero hablar de usted.

Ruth no podía ya pensar ni preguntarse nada. No podía luchar. Sólo podía callar y rezar para que él no sospechara que ella deseaba que hablase.

—¿Me deja usted? No se enfade si lo hago.

Ruth exclamó con los labios secos:

—¡Mire! ¡He ahí el sol!

Dan miró en la dirección que ella señalaba el tiempo suficiente para ver la primera franja roja en el distante borde del mar. Luego sus ojos se volvieron de nuevo hacia ella y dijo:

—¡Por favor!

La joven rebosaba de furiosa impaciencia. ¿Por qué eran los hombres tan lentos?

—Por favor, ¿qué? —preguntó.

Dan tenía cogida una de sus manos, pero Ruth no se había dado cuenta de ello. Él se la besó de una manera rápida y sin la menor habilidad. La joven murmuró entonces:

—¡Oh, ya dijo usted que deseaba hacer esto a las mujeres cuando el sol salía! He aquí por qué lo ha hecho ahora.

Ruth pensó que se expresaba fríamente y sin el menor asomo de emoción y que él se sentiría defraudado. Pero... Dan percibió que la voz de ella temblaba. Entonces le pasó un brazo por el talle.

—¡Ah! —exclamó el joven suavemente—. Era a ti. Yo... ¡Precisamente a ti!

Ruth le colocó las manos en el pecho intentando apartarle.

—¿Quiénes son esas mujeres a las que querías... hacer el amor? —preguntó

Esto significaba la rendición; él lo sabía y también ella lo sabía.

—¡Tú! Siempre tú. Sabía que deseaba hacerlo. Pero jamás hubo una mujer antes que tú.

Cuando el joven la besó y la muchacha le hubo correspondido, ella empezó a sollozar sobre la tosca camisa que cubría el ancho pecho del joven. Sus lágrimas le conquistaron, así que Darrin le pidió permiso para limpiárselas. Ruth supo entonces que era dueña de la situación y le miró con una sonrisa en los labios. La joven, como una niña que recitase una lección, dijo a continuación:

—Mi madre me dijo que tuviera confianza en los hombres que se llamaran Dan.

A renglón seguido la joven pasó su brazo por el cuello de él, y así estaban cuando Black Pawl apareció en cubierta.

La pareja le oyó y se volvieron. Black Pawl les miró con las cejas fruncidas y preguntó:

—¿Y bien, Ruth? ¿Tengo también que pegar a éste?

La joven repuso con suave entonación:

—No, Black Pawl. Porque... a éste le quiero.

Black Pawl siguió mirándola fijamente, hasta que la joven se sintió un tanto temerosa a despecho de la afirmación que había hecho. A poco, Black Pawl apartó los ojos de ella, los dirigió hacia el horizonte y dijo a Darrin:

—Se nos avecina un mal viento, Dan. Deja de preocuparte de ella. Hemos de prepararnos.

X

Black Pawl estaba en lo cierto. Venía viento, mucho viento, demasiado. Empezó de una manera bastante alegre, sólo una ligera brisa sobre el mar iluminado por el sol. Pero las nubes que se iban formando en el horizonte no eran alegres, y cuando oscurecieron el sol y la lluvia empezó a caer sobre las cubiertas del *Deborah*, Black Pawl ordenó arriar velas. Era tiempo. La primera racha les cogió entre el foque y las gavias, y la gavia del trinquete se venció con gran rotura de telas. El mastelero fue roto poco tiempo después y quedó colgando y balanceándose de un lado a otro, y el aparejo de proa, así averiado, se enredó en una peligrosa confusión.

Black Pawl se había mostrado descuidado, y lo sabía. También sabía que aquello era culpa suya, no de sus segundos. Se maldijo a sí mismo y no a nadie más. Él mismo se adelantó, una torre de fuerza, y ayudó a desenredar la maraña, a dejar suelto lo inservible y a asegurarlo todo. Por entonces la fuerza del viento y de la lluvia les azotaba, y tuvieron que ponerse a la capa para salir adelante. Todas las escotillas fueron cerradas y aseguradas. Las puertas del castillo de proa, del rancho de la tripulación y de la escalerilla fueron cerradas y aseguradas. Se abrían sólo cuando alguien subía a cubierta o bajaba de ella. Los objetos de cubierta fueron amontonados, se extendieron cuerdas salvavidas de popa a proa, y los botes fueron sujetos con mayor seguridad en sus ganchos.

Los barcos balleneros, e incluso las goletas balleneras, se construyen no para que sean rápidos, sino para que resulten resistentes. El *Deborah* tenía forma cuadrada en la popa; y sus amuras eran romas, formando ángulo recto bajo el bauprés. Las olas lo golpeaban con fuertes golpes. Llevaba mucho peso con su carga de aceite en la bodega, y se alzaba escorada sobre el mar. Pero era tan robusto como pesado, y las rugientes olas no podían dañarlo. Manejado con habilidad, podía navegar por cualquier mar y con cualquier tiempo y tempestad.

Era noche cerrada antes de que todo estuviera amarrado y seguro. Black Pawl había permanecido en cubierta todo el día. Se quedó también por la noche mientras el temporal arreciaba, cuando parecía imposible que ningún hombre pudiera resistir el envite del viento. La tempestad era como una mano de gigante que empujara sus pechos. Todos luchaban contra ella agarrándose a lo que podían y resguardándose en cualquier lugar que podían encontrar.

El agua subió por las amuras del *Deborah* durante el primer día y la noche. Hacia el amanecer, una gran ola trepó atrevidamente a bordo por encima del guardabauprés. El pesado aparejo, hecho para recibir los más pesados embates, contuvo el primer impulso de la ola y salvó el escotillón del castillo de popa. Pero los rollos de cabos que estaban delante del palo trinquete se esparcieron por la cubierta y rodaron como balas de cañón en medio de un diluvio de agua. Había un solo hombre en la cubierta de proa. Éste se agarró al cabrestante hasta que el agua hubo pasado. Black Pawl y su hijo se hallaban en la popa con un tercer hombre que les ayudaba en el timón. Todos quedaron medio ahogados, y la ola y los rollos de cables se llevaron el bote de popa y el equipo de emergencia que había allí. En la oscuridad, Black Pawl gritó y su hijo y el marinero contestaron. Así que continuaron en su tarea y una hora después la negrura de la noche empezó a difuminarse, transformándose en la gris luz sin vida del día. La lluvia, implacable, seguía azotándoles.

Durante todo aquel día, hora tras hora, la borrasca fue en aumento. Ruth y el misionero permanecían abajo, cumpliendo órdenes de Black Pawl. El capitán nunca abandonaba la cubierta y Dan Darrin y el segundo de a bordo hacían turnos y guardias con él allí. A mediodía de aquel día, la cocina fue aplastada por una ola que vino de costado, y como consecuencia de ello, platos, cuchillos y sartenes saltaron por encima de la borda a cada nuevo envite del agua. Black Pawl rió en medio de la tempestad y gritó a Dan Darrin:

—Ahora está herida como un galgo y lista para luchar.

—Sí —contestó Dan—. Y es una verdadera luchadora.

La segunda noche fue la peor. La tempestad alcanzó su punto álgido al anochecer, pero no disminuyó su furia al avanzar la noche. Black Pawl sólo podía decir a sus compañeros, de hora en hora, que no había empeorado.

—Ya concluirás alguna vez —gritó a la tempestad.

El viento se llevó sus palabras como si se burlara de ellas y jugase con él.

Black Pawl comió poco durante el temporal. Ningún hombre podía comer en aquella cubierta balanceante y escorada. Conservaba sus energías bebiendo *whisky*, tal como salía de la botella, y el licor ardía en su sangre, le calentaba y aturdía.

Dan Darrin discutió con él más de una vez.

—¡Deje ya eso y ponga vituallas rojas dentro de usted, capitán! —le decía.

Pero Black Pawl se reía de él.

—Esta es mi carne —respondía a Dan levantando la botella—. Esto es lo mío. Vosotros buscad lo vuestro.

Dan no le había visto jamás tan fuerte, tan poderoso y tan seguro. Era como si luchara contra la fuerza del viento y del mar solo, contendiendo contra la tempestad por los que se encontraban a bordo de la goleta, protegiéndoles con su propio y fuerte cuerpo.

Fue como un triunfo personal para Black Pawl cuando en la tercera mañana el viento amainó perceptiblemente y los terribles dientes de las olas se tornaron romos y débiles.

Sin embargo, durante todo aquel día y aquella noche el *Deborah* fue zarandeado por el mar, y hasta el cuarto día no vieron el sol a través de las grises nubes. Black Pawl se preocupó entonces de dónde se encontraban. En aquel último día el capitán había comido algo, pero no abandonó la cubierta ni durmió.

—Hay tierra cerca —dijo a Dan Darrin cuando éste

protestó—. Dormiré cuando sepa en dónde nos encontramos, no antes.

Al fin fue posible echar una ojeada a los daños que el temporal había ocasionado. A primera vista el *Deborah* estaba averiado e indefenso. Pero esto sólo era para el ojo indiferente e ignorante. Cierto que el bauprés estaba partido, el trinquete torcido, el aparejo roto aquí y allá y desesperadamente enredado. Pero el malo mayor continuaba tan derecho como antes de la tempestad, y no había entrado agua en el barco, salvo el normal remojón de un barco saludable. El casco era robusto.

—Sin embargo —decidió Black Pawl cuando se enteró de todo—, no estamos preparados para la larga travesía que nos espera. Tenemos que llegar a tierra, Dan, y tardaremos un día o más en reparar la goleta para dejarla en condiciones de nuevo. No es mucho trabajo, y se ha de hacer.

Dan se mostró de acuerdo. Un ballenero lleva en sí mismo todo lo que necesita para permanecer tres o cuatro años lejos de la patria, salvo quizá comida y leña. Podrían encontrar refugio en algúna de las islas para reparar el aparejo y reforzar o reemplazar el partido bauprés y el ladeado mástil de proa. Necesitarían vergas, que se podían encontrar en las agitadas aguas alrededor del Cabo de Hornos.

Después de contemplar el sol, Black Pawl estableció la posición en su carta, movió la cabeza satisfecho y dio una palmada en la espalda de Dan.

—No tenemos más que medio día de navegación —dijo al tercero de a bordo—. Allí hay cobijo, agua, e isleños que nos ayudarán si los necesitamos. Lleva la goleta hasta allí, Dan. Entre tú y Red Pawl. Yo voy a dormir un poco antes de llegar allí.

Arribaron a la isla después del anochecer. Pero Red Pawl no quiso cruzar la laguna en la oscuridad. Así que esperaron hasta la mañana siguiente. Entonces avanzaron y anclaron a una milla más o menos de la costa. Allí no había pueblo. El lugar era poco más que un atolón de coral. Pero se veían algunas chozas de indígenas, y existía el refugio que necesitaba para su propia seguridad mientras realizaban las reparaciones. El segundo de a bordo puso en marcha los trabajos en cuanto el ancla se clavó en el fango, y entre él y Dan Darrin los acabaron mientras Black Pawl dormía profundamente en su camarote.

El capitán dormía con el reloj al lado. Despertó a las doce. Sentía todas las consecuencias del *whisky* que había ingerido. El cuerpo le ardía y se encontraba enfermo y mareado. Los ojos le ardían como carbones en su cabeza. Sus labios estaban resecos e hinchados y su boca no le sabía a su propia boca. Se despertó, lanzó un gemido, se dejó caer al suelo y se vistió. De pésimo humor salió a la cámara, encontró *whisky* y bebió de nuevo.

La reacción después de la batalla con el temporal afectó a Black Pawl en dos sentidos. Su alma se hundió en una vasta depresión, no viendo ni luz ni gloria en el mundo. Pero su cuerpo se sentía satisfecho con la intoxicación de la victoria, y aún más con la borrachera. Se hallaba en un estado de ánimo propio para maldecir al mundo, y cuando vio a Red Pawl, odió a su hijo. Y cuando vio a Ruth Leyton, la maldijo en su corazón. La vista de Red Pawl le trajo el antiguo dolor de haberlo engendrado. La vista de la muchacha, el recuerdo de cuando la sorprendió en los brazos de Dan Darrin. ¿Por qué tenía que ser Dan Darrin? ¿No era él mejor hombre que Dan Darrin? La muchacha aquella era tonta. Según había dicho, jamás sentiría miedo de él. Pero Black Pawl se dijo que ella debía de aprender a tenerle miedo.

Ya en cubierta, Black Pawl encontró defectos en la forma en que Red Pawl daba órdenes a los hombres, y Red Pawl le contestó de mala manera. Black Pawl dio a su hijo un furioso golpe. Red se puso en pie y dominó su ira. El capitán odió a Red, se odió a sí mismo aún más y odió, sobre todo, al mundo. Hoy no había risas en él. Estaba terriblemente pálido, tenía los ojos hundidos en las órbitas... La cosa no podía pasar inadvertida para nadie.

La muchacha le miró con mirada compasiva, y en una ocasión se acercó a él y le dijo:

—Capitán Pawl, ¿por qué no se va usted abajo a dormir? Necesita usted descansar, ¿comprende?

—Estoy cansado de dormir —contestó el capitán en tono seco.

El misionero unió sus ruegos a los de la muchacha.

—Se pondrá usted enfermo, capitán —dijo—. Ha ganado usted la batalla. El barco está a salvo. Tómese su descanso.

Black Pawl se burló de él.

—Dedíquese a sus dioses, padre —replicó—. ¿Qué sabe usted de las necesidades de los hombres?

—Sé que los hombres necesitan a Dios —replicó el misionero—. Y... nunca un hombre lo necesitó más que usted, Black Pawl.

—Apártese de mi camino —ordenó Black Pawl—. Yo desprecio a su Dios. —Y cuando el misionero se colocó tranquilamente a un lado, añadió, con un asomo de la antigua ironía—: Vamos, padre. Si existiera un Dios, ¿no me aplastaría por semejante blasfemia?

—Dios aplasta cuando Él quiere. No es necesario provocarlo para ello.

La risa de Black Pawl era sombría, y atravesó la cubierta lanzando juramentos.

Esto ocurrió a media tarde. Hasta el oscurecer los hombres estuvieron trabajando en la reparación del *Deborah.* Aquella noche, Black Pawl permaneció en la cámara. Bebió copiosamente. Buscaba el olvido. Pero el alcohol no le producía efecto alguno y maldijo su flojedad al mismo tiempo que lo bebía. No lograba dormir. En una ocasión se levantó y estuvo paseando por la cámara. Sobre la mesa que había en ella se encontraba una bufanda fina que Ruth Lytton había dejado allí. Black Pawl la cogió y la estuvo manoseando con la cabeza baja. Sus pensamientos eran horrendos. Al final apretó los dientes y rompió la tela en pedazos entre sus manos. Por la mañana, Red Pawl fue a verle. El segundo de a bordo dijo que debían ir a tierra y buscar madera para reparar el bauprés. Black Pawl se rió en su misma cara.

—Sí, y en tierra enseñarás a mis hombres cómo pueden deshacerse de mí —repuso en tono acusatorio.

Red Pawl no contestó, pero en sus ojos apareció una mirada de desafío. El capitán movió una mano.

—Id —dijo—. También enviaré a Darrin y a sus hombres.

—No les necesito —contestó Red Pawl.

—Digo que irán —gritó Black Paw.

El segundo de a bordo se marchó sin decir nada más.

Cuando el capitán salió a cubierta un poco más tarde, encontró los botes ya en el agua, prestos para bogar hacia la isla. El misionero y la muchacha se hallaban en cubierta. El primero se acercó a Black Pawl y dijo:

—Deseo ir a visitar a esos indígenas, si no tiene usted inconveniente, capitán.

—Vaya. Hábleles de su Dios —contestó Black Pawl echándose a reír.

Todos se marchaban, dejándole solo. De pronto se sintió muy solo. Pero luego pensó con fiero y malsano triunfo: «Pero ella no se marcha. La muchacha no se marcha. Se queda aquí conmigo».

Entonces vio que la joven se preparaba para entrar en el bote de Darrin. Fue hacia ella y le dijo con cierto asomo de súplica en su voz:

—Quédese a bordo conmigo, Rut. ¿Quiere?

La joven sonrió y se apresuró a responder:

—Claro que sí, si usted lo desea.

—Lo deseo —contestó el capitán.

El misionero titubeó, como si no estuviera de acuerdo con dejarles solos.

—¿Me quedo? —preguntó.

—No, no. Vaya. ¡Váyase usted y su Dios! —repuso Black Pawl en tono violento.

El misionero miró a Ruth, ésta hizo un signo con la cabeza y el misionero bajó hasta el bote.

Contemplaron cómo las dos balleneras se apartaban del costado de la goleta. Y Black Pawl vio que Spiess era el remero delantero del bote de Red Pawl, y vio también que Red Pawl se inclinaba para hablar con Spiess en voz baja. Los labios del capitán se fruncieron de pena al observar aquello, como si Red le hubiese apuñalado. Sabía de cierto que Red pensaba asesinarle. Bien, entonces, ¿por qué no atacaba?

—El bote de Dan va más de prisa. Está ganando —dijo Ruth a su lado.

Black Pawl la miró y sus ojos se encendieron. Luego paseó la mirada por toda la cubierta. Habían quedado allí dos hombres y el cocinero, que estaba trabajando, intentando arreglar su cocina. Salvo aquellos tres, él y la muchacha eran las únicas personas que quedaban en el *Deborah.*

Harto de vida, harto de decencia, harto de esperanza y de peleas, se rindió a los diablos que le poseían. ¡Maldita muchacha! Tendría que aprender a tener miedo antes de que él acabara con ella.

—Baje abajo —le ordenó—. Tengo idea de acostarme.

XI

Cuando Black Pawl dijo «Baje abajo», su voz sonó ronca y entrecortada. La muchacha le lanzó entonces una rápida mirada con ojos tranquilos y penetrantes. Luego sonrió y contestó:

—Si no le importa, me gustaría esperar a ver quién de ellos llega primero a la orilla. Están haciendo una carrera, ¿sabe?

Black Pawl tomó esta dilación como una tregua. Se alegró de esperar y se alegró de que ella le hubiera alejado. Intentó mentirse a sí mismo sobre la cuestión, intentó zafarse de ella impacientemente para ir a lo suyo. Sin embargo, no podía negar el alivio que sentía su corazón. Lo percibía y se maldijo a sí mismo por su debilidad.

A ella sólo le dijo en tono agrio:

—Muy bien. Pero fíjese que el bote del segundo es el más rápido.

—No importa —replicó la joven en tono de reto—. El de Dan va por delante y seguirá manteniéndose delante. Y Dan lleva más carga. Más hombres que no reman.

El capitán sonrió y dijo burlonamente:

—Usted cree que su Dan es maravilloso.

—Creo que es maravilloso —respondió Ruth mirando a Black Pawl alegremente—. Le quiero.

Los ojos de Black Pawl se ensombrecieron. ¿Por qué tendría ella que querer a Dan? Cuando estaba sobrio, el capitán tenía a Darrin por un oficial valiente y capaz. Ahora se juró a sí mismo que Dan era indigno y no merecía respeto. Dijo a la muchacha:

—¡Caramba! Habla usted de su amor como el padre habla de su Dios.

Los ojos de la joven se humedecieron un tanto y asintió con un movimiento de cabeza.

—Sí, así es —contestó—. Pero... no creo que a él le importe.

—Sí —dijo Black Pawl con expresión sardónica—. Ya he oído ese cuento.

—Nunca supe realmente lo que significaba el amor hasta... que conocí a Dan —murmuró la joven.

Black Pawl golpeó la borda con su puño, como si quisiera aplastar las palabras que ella había pronunciado. Luego señaló hacia la costa con la mano.

—Vea, Red le adelanta —dijo.

—No —contestó Ruth—. Lo está intentando. Pero nunca lo conseguirá.

El capitán dijo ahora:

—Voy a hacer una apuesta con usted.

—¿Y qué apostará? —inquirió la joven.

—Un beso contra un barril de aceite.

Black Pawl observó a la joven a hurtadillas y se despreció a sí mismo por lo que había dicho.

Ruth no le contestó directamente. Miraba hacia la costa y dijo:

—Es demasiado tarde. Mire. Dan ha llegado.

Black Pawl vio que los hombres del bote del tercero de a bordo saltaban a la arena a una milla de distancia.

—Sí —dijo—. Así que... el barril de aceite es suyo. No hay nada mejor para la suave piel de sus mejillas. Buena esperma.

—Pero yo no acepto su regalo —repuso Ruth con gravedad.

—Si yo lo hubiese ganado, habría tomado lo mío. Tome usted ahora lo suyo, y alégrese de haber ganado.

La joven le miró. Vio el rostro descompuesto y los hundidos ojos del capitán, y su corazón se llenó de una súbita piedad hacia él. Estaba enfermo y en pie, lleno del veneno de la fatiga y del veneno de la bebida, y la joven le tocó el brazo con súbita contrición.

—Vamos —dijo—. No tenía que haberle retenido en cubierta. Debía de estar usted en la cama. Vamos.

Black Pawl se sintió un tanto defraudado, aunque al propio tiempo aliviado. Que bajaran a la cámara por iniciativa de él representaba una victoria, pero que lo hicieran a iniciativa de ella... esto le hurtaba mucho de la conquista. Además, ella no le tenía miedo, y él deseaba que ella le tuviese miedo. Deseaba ver pánico en sus ojos y oírla gritar de terror. Pero... no había miedo en ella en cuanto a él atañía.

—Voy a meterle a usted en la cama —dijo la joven—. Le pondré cómodo y usted se dormirá. Está usted casi enfermo, capitán Pawl. Está usted enfermo, sólo que es usted tan fuerte que se necesita mucho tiempo para abatirle.

—No necesito enfermera —repuso el capitán en tono sombrío.

La iniciativa se le había escapado de las manos. Intentaba volver a hacerse con ella, pero se sentía completa y extrañamente indefenso.

—¡Oh, sí! Lo necesita usted —dijo Ruth sonriendo—. Los hombres nunca saben que están enfermos hasta que caen. Pero jamás quieren dar su brazo a torcer. Ya lo sé. Mi madre... mi madre era buena para curar. Sabía cómo tratar a la gente enferma, y yo también. Ya lo verá usted.

El capitán pensó en el acto en otra mujer que también sabía curar a los enfermos. Recordó que en aquel viaje que ella hizo con él estuvo enfermo, la única verdadera enfermedad de su vida. Y ella le había cuidado. El recuerdo de tales atenciones le había estado mordiendo durante todos aquellos años. Pensó en ella ahora y se sometió inconscientemente a la guía de Ruth.

La joven le condujo hasta el camarote de él.

—Échese en la cama —dijo, y como él titubease, añadió con un delicioso aire de mando—: Haga como le digo, señor.

Black Pawl se sentó en el borde de la litera y luego se extendió en ella. Pero de pronto se incorporó. La joven le estaba quitando sus pesadas botas. Black Pawl dijo vivamente:

—¡Vamos! Usted no...

—¡Chitón! Estése quieto.

Aquello no era lo que él había planeado. Pero se estuvo quieto. Ruth desató sus botas. Pero no pudo quitárselas de los pies. Eran tiesas y de fuerte cuero. La joven, jadeante por el esfuerzo, dijo:

—Temo que tendrá usted que quitárselas. Yo no puedo.

¡Qué poca fuerza tenía comparada con la de él! Black Pawl podría romperla con los dedos de una mano. Sin embargo, la joven no sentía miedo. Black Pawl la odió en aquel momento, aunque se sometía a sus cuidados. Una impotencia total se adueñó de él. Que ella hiciera lo que quisiera, él ya haría lo suyo al final.

Cuando se hubo quitado las botas, Ruth le subió las mantas hasta la barbilla.

—Ahora me cuidaré de sus ojos —dijo—. Están terriblemente cansados. Voy a bañárselos.

Black Pawl repuso:

—¡Vamos, déjeme tranquilo!

La joven sonrió y desapareció, regresando un instante después con una palangana de agua y unos trozos de tela. Hizo que el capitán permanecierta quieto mientras lavaba con el trapo sus ardientes párpados. Él se rebeló, pero el contacto de las manos de la joven en su frente le resultó infinitamente consolador. Intentaba hacerse creer a sí mismo que el contacto de los dedos de la joven despertaba el ardor en él. Sin embargo, lo que más deseaba era permanecer inmóvil, descansar y dormir...

Los dedos de la joven resultaban muy suaves sobre su frente. Pronto trajo Ruth otra tela, húmeda de agua fría, y se la colocó en la frente, sobre los ojos. El capitán intentó quitársela, pero ella protestó suavemente.

—No, no, déjelo ahí. Le pondrá mejor la cabeza y le hará descansar.

También su esposa había poseído aquella tonta noción de que había virtud en una compresa fría.

La muchacha le rozaba la frente ligeramente con la punta de sus dedos. Le pasaba los dedos por el cabello y le hacía un suave masaje en las sienes.

—Creo que se dormirá usted pronto. Es lo que necesita. Está usted tan cansado...

Black Pawl intentó incorporarse y protestó:

—Déjeme tranquilo. Estoy bien. Déjeme.

Ruth le hizo echarse de nuevo suavemente, sonriendo y contemplando sus ardientes ojos.

—No, no. Quédese tranquilo y duérmase.

—No tengo sueño —replicó Black Pawl con violencia.

Ruth se echó a reír.

—No diga tonterías. Apenas puede mantener los ojos abiertos, y... no hable. Duérmase.

Black Pawl se odió a sí mismo por someterse. Pero no podía hacer otra cosa. El sueño le venía en oleadas cada vez más altas. Era como un peñasco que la marea lamía. Cuando la ola le cubriera por completo, se dormiría... Entonces ya no podría protestar. Sin embargo, estaba tan somnoliento, tan terriblemente somnoliento...

El mundo retrocedía, desaparecía. Se quedó dormido... y en paz.

La muchacha no supo al principio cuándo se sumió Black Pawl en las profundidades del sueño. El dormido se agitaba inquieto, y ella continuaba haciéndole masaje en la frente. Pero después de un tiempo, debido a sus movimientos, la compresa se marchó de su sitio, y la joven vio que sus ojos estaban cerrados y que no se abrían como se habían abierto antes.

Ruth fue a cubierta un rato y miró hacia la costa. Pudo ver los botes amarrados, pero no divisó a ninguno de los hombres.

No tardó en bajar a su propio camarote y empezó a cepillarse el cabello.

El sueño de Black Pawl era inquieto e intranquilo, acosado por pesadillas. El hombre estaba demasiado cansado para tener un sueño sosegado. Sus nervios habían obedecido al suave contacto de la joven. Pero cuando ésta se marchó, se agitó en la litera e hizo movimientos con sus brazos y piernas. De cuando en cuando lanzaba un gemido, y en una ocasión tocó la compresa fría con la mano.

Luego, súbitamente, se despertó. Le dolía mucho la cabeza y tenía reseca la boca. Abrió los ojos, se incorporó, miró a su alrededor... y recordó.

La joven se había ido. ¡Esto era! Le había engañado para que durmiera y había huido. De esta forma había logrado escapar de él. Quizás ahora estaría haciendo señales a los de la costa.

Entonces la oyó moverse en su camarote, que estaba contiguo al de él. Apoyó sus pies calzados con calcetines altos en el suelo y se sentó en el extremo de su litera, tambaleándose incierto.

Al mismo tiempo, sin saber por qué, pensó en su hijo. Red estaría ahora catequizando a sus hombres. Les traería de nuevo al barco dispuestos a todo. Black Pawl echó hacia atrás la cabeza. ¡Que les trajera! Pero... ¡su propio hijo!

El dolor que sintió el hombre al pensar en la traición de su hijo, le atenazó el corazón. Mas se enderezó, moviéndose suavemente sobre sus pies descalzos, y sin hacer ruido abrió la puerta de su camarote.

La puerta del camarote de Ruth estaba cerrada. Black Pawl permaneció inmóvil mirándola. Luego se dio cuenta de que tenía algo en la mano. Miró hacia abajo y vio la botella.

La vació y esperó. Pero... el licor no le hizo efecto. Maldiciéndose a sí mismo por su debilidad y su cobardía, dio un paso hacia delante y golpeó la puerta del camarote de Ruth con los nudillos.

La joven abrió en el acto y le vio. Pero no retrocedió ante sus ojos.

—¡Oh! —exclamó—. Estaba usted dormido.

—Estoy despierto —contestó Black Pawl con voz ronca—. Y voy a entrar aquí.

XII

Black Pawl había llamado a la puerta de Ruth cuando ésta estaba preparándose para recogerse el cabello. Ahora lo llevaba suelto sobre los hombros. Black Pawl pensó de pronto que con el cabello de aquel modo la muchacha parecía muy joven, casi una niña, una niña que tenía que ser protegida. Desechó esta idea. Pero se encontró pensando que su propia hija hubiera sido así de haber vivido. Como aquélla, con flotante cabello, dulces y curvados labios y los valientes y tranquilos ojos de una niña.

La joven no hizo caso de sus palabras. Salió a la cámara mientras se trenzaba el cabello y se lo echaba sobre un hombro.

—¡Oh! —exclamó—. Creía que estaba usted dormido. Debe volver a su camarote y dormir. De veras, pues si no se pondrá usted enfermo.

—Estaba dormido —contestó Black Pawl— y me desperté. No puedo dormir.

—No debía de haberle dejado —se respondía Ruth a sí misma—. Pero no creí que usted se despertase. Vamos, le pondré de nuevo en la cama y me quedaré con usted.

—No quiero ir a dormir.

Ruth le sonrió.

—Usted no sabe lo que quiere. Está usted terriblemente cansado y enfermo.

El cabello de la joven formaba ahora una gruesa trenza que le caía sobre la espalda. Parecía más que nunca una niña. Black Pawl sintió un deseo casi todopoderoso de someterse, de volver a su camarote y de dormir bajo sus cuidados. Pero luchó contra este deseo, repitiendo tercamente:

—No, no quiero ir a dormir.

Había sillas junto a la mesa de la cámara, la joven se sentó en una y le miró sonriendo.

—¿Qué es lo que quiere usted entonces? ¿Lo sabe usted?

Black Pawl se sentó también, con la mesa entre ellos, y miró a la joven con sus ojos doloridos y ardientes. Se sentía aturdido y tembloroso de debilidad.

—¿Qué edad tiene usted? —preguntó.

—Veinte años cumplidos —contestó la muchacha.

Su hija tendría ahora esta edad.

—¿Por qué? —preguntó Ruth.

—Con el cabello así parece usted una niña —repuso Black Pawl trabajosamente.

Ruth asintió con un movimiento de su cabeza.

—Eso es lo que me pasa. No me siento adulta..., excepto cuando estoy con Dan. Entonces me siento con edad bastante para ser su madre.

—¡Dan! —repitió Black Pawl entre dientes.

Ruth contestó en voz baja:

—Sí, Dan Darrin.

La cabeza de Black Pawl se balanceaba de atrás hacia delante mientras miraba a la joven.

—¿Ése es al que usted cree querer?

—Ése es al que quiero.

—¿Cómo lo sabe usted con tanta seguridad?

—¡Oh, lo sé!

—Pero si es usted una niña, ¿cómo puede saberlo?

—Lo sé —repitió Ruth—. Lo sé de cierto.

Black Pawl clavó los ojos en la mesa y reflexionó. Cuando miró de nuevo a la muchacha preguntó:

—¿Ha conocido usted a muchos hombres?

—No a muchos hombres blancos —contestó ella—, excepto el misionero.

Black Pawl dejó escapar una risa desagradable.

—Ése no es un hombre, es una mujer.

—Es el más admirable y más bravo de los hombres.

—¡Oh, sí! —exclamó el capitán—. Es un hombre según los suyos.

—Y yo le quiero —declaró la joven.

—¿A él también? —preguntó Black Pawl en tono de broma.

Había una sugerencia en su tono que coloreó las mejillas de la joven. Pero ésta no dijo nada. Black Pawl se inclinó entonces sobre ella.

—Dan Darrin está muy bien —dijo Black Pawl despreciativamente—. Pero... es un muchacho. No es aún un hombre hecho. Tendría usted que elegir a un hombre.

—Dan es un hombre —gritó la joven.

Black Pawl sacudió la cabeza tercamente.

—Un buen muchacho, pero no es aún un hombre. Necesita madurar.

Ruth preguntó pensativamente:

—¿No cree usted que es natural que se elijan personas de la propia edad de una?

—Las muchachas ciegas, tal vez, pero no las que son prudentes. Usted no es prudente al darse tan rápidamente a Dan.

Ruth sonrió alegremente.

—No me estoy entregando a él —contestó—. No es usted... discreto al acusarme de esto.

—No he dicho que se entregara a él, sino que se daba —recordó Black Pawl.

—¿Quiere usted decir que me estoy desperdiciando? —dijo sonriendo la muchacha.

—Sí.

—Me arriesgaré a eso por Dan —replicó Ruth inclinándose hacia Black Pawl—. ¡Por favor! —continuó—. Usted sabe que Dan es honrado, bueno y fuerte. No intente hacerme desgraciada... porque no podrá.

Los ojos de Black Pawl ardían y golpeó la mesa con su puño.

—Yo soy tan hombre como pueda serlo Dan.

Ruth titubeó mientras observaba al capitán y luego dijo sobriamente:

—En efecto, lo es usted.

Los ojos de la joven se turbaron.

—Le digo a usted —exclamó Black Pawl con voz ronca—, le digo a usted que yo soy tan hombre como pueda serlo él, y yo... —Fue poseído por una instantánea confusión—. ¡Por lo eterno! Hay algo en usted que me atrae, Ruth. Hay algo en usted que me saca de quicio.

La joven no dijo nada y Black Pawl preguntó en un tono medio implorante:

—¿No ha sentido usted también esto?

Ruth repuso con entera franqueza:

—Yo le aprecio a usted inmensamente, capitán Pawl.

Éste golpeó la mesa de nuevo.

—Ya lo dije yo. Entonces, ¿por qué habla usted del amor que siente por Dan?

—Quiero a Dan, pero siento aprecio a usted —contestó la joven.

Black Pawl levantó la mano.

—¡Palabras y nada más que palabras! Se lo digo a usted. Hay algo entre nosotros, usted y yo, que es más que aprecio. ¡Yo no soy hombre para que me tengan aprecio! Duro, frío y tosco con los hombres, negador de Dios, sin escrúpulos y llamado «Black Pawl» por las hazañas que he realizado. Usted no puede sentir «aprecio» por semejante hombre. Es más que «aprecio», Ruth. Se lo digo yo que es más.

Ruth movió la cabeza lentamente.

—Usted es... todo lo que ha dicho —afirmó—. Sin embargo, hay bondad en su corazón, y yo aprecio esa bondad de usted.

—Tengo el alma negra —exclamó Black Pawl en tono jactancioso.

Ruth sonrió suavemente.

—Ningún hombre es así —contestó—. Ningún hombre es así, y usted menos que nadie.

Black Pawl se retrepó de nuevo en la silla con las palmas de sus manos apoyadas en la mesa y contempló sus huesudos dedos. Por fin levantó la cabeza y clavó los ojos en la joven.

—Dejémoslo —murmuró—. Dejémoslo. Piense como guste. Pero según mi parecer, no es cuestión de aprecio. Existe un vínculo más profundo. Yo... —Se inclinó hacia Ruth con el rostro emocionado—. Ruth, no sé lo que es —murmuró en tono suplicante—. Pero es algo que existe, que existe. Me siento impulsado hacia usted inclinado hacia usted. Digo que es algo que existe.

Ruth le miró a los ojos y contestó:

—También yo me siento empujada hacia usted, capitán Pawl. Siento deseos de ayudarle.

—¡Ah, me quiere usted! —exclamó Black Pawl inclinándose hacia ella.

Pero Ruth sacudió la cabeza.

—No. De esa manera quiero sólo a Dan Darrin. Pero le quiero a usted de otra. Como a un hermano o como a un padre.

Black Pawl se echó a reír irritado.

—¡Usted una hermana para mí! ¡Caramba! Y... aun cuando yo le parezca a usted lo suficientemente viejo para ser su padre, no lo soy. Le aseguro a usted que soy tan muchacho como Dan Darrin en lo que a usted concierne. ¡Padre! ¡Hermano! ¡Tonterías!

—Amigos entonces —sugirió Ruth con firmeza—. Siempre podremos ser amigos.

—Yo no sirvo para la amistad —replicó Black Pawl—. Esa es una palabra hecha de leche y agua cuando se trata de un hombre y de una mujer.

La joven, un poco impaciente, dijo ahora:

—No es usted muy razonable, y... necesita amigos, Black Pawl.

Éste se retrepó de nuevo en su asiento y bajó los ojos. Pensó de pronto en su hijo, y un gran desfallecimiento se apoderó de él. En realidad no sabía lo que esperaba. No hubiera querido hablar de aquel modo a la muchacha. Después de todo, ¿qué podía esperar? Ella tenía el privilegio de reírse de él. Él era viejo y debía de aceptar el juicio de la juventud sobre él.

Mientras seguía el curso de sus pensamientos, oyó que Marvin, el cocinero, bajaba a la cámara a buscar comida en el pañol de víveres. Oyó que Ruth se dirigía al hombre y que ambos dialogaban. Ruth sentía simpatía por el viejo Marvin. Eran en cierto modo camaradas. La joven se puso en pie y habló con el cocinero mientras los malos pensamientos de Black Pawl continuaban su camino.

El capitán se olvidó de que los otros dos estaban allí y

pensó en sí mismo y en Red Pawl. Había llegado al ápice de la desesperación. Se sentía débil y vencido y se maldecía por su debilidad. Pensó que se había arrojado a los pies de aquella muchacha y que ella se había reído de él. Algún día ella se lo diría a Dan Darrin y ambos se reirían de la debilidad de Black Pawl. El pensamiento era amargo, pues la fuerza era su orgullo y causa de su jactancia, y no existía hombre viviente que hubiera visto quebrantada jamás esa fuerza. Durante toda su vida había sido tenido por un hombre fuerte y despiadado. Pero aquella frágil muchacha se había reído de él, y el cuento correría.

No le importaba. Que los hombres rieran. No se reirían en su cara. Pero la muchacha sí se reiría, ella y Dan Darrin. Pero... ¿no tenían el derecho de burlarse de él? ¿No era él un bufón en la faz de las aguas? ¿No era él el patrón del *Deborah* y el amo de todo lo que había a bordo? ¿No sabía esto aquella muchacha? Lo debía saber. Sin embargo, no sentía miedo. Más bien se reía.

Oyó que Marvin subía del pañol de víveres y hablaba de nuevo con la muchacha. Allí al menos tenía un blanco para su ira. Se puso en pie y fue hacia el hombre.

—¡A cubierta, cerdo! —gritó—. ¡Apártate de mi vista!

Marvin trepó por la escalerilla y Black Pawl, volviéndose de nuevo hacia donde estaba la muchacha, la miró con cejas fruncidas y adustas. El capitán tenía el cabello desordenado, las mejillas arrugadas y los ojos hundidos. Temblaba de debilidad y Ruth sintió piedad de él, se alzó para enfrentarse con su rostro y dijo en tono suave:

—Vamos, está usted cansado. Déjeme llevarle a la cama.

—Le digo que no quiero dormir —contestó Black Pawl con voz fuerte.

—No importa —repuso la joven sonriendo—. Ya se dormirá usted. Es lo que necesita.

Le tocó en el brazo, pero el capitán apartó la mano.

—Escuche esto —dijo—. Usted no ha entendido lo que yo quiero decirle. Digo que Dan Darrin no la tendrá a usted mientras yo viva. ¿Lo entiende usted ahora?

Ligeramente turbada, la joven murmuró:

—Está usted enfermo y cansado. No sabe usted lo

que se dice. Haga el favor de echarse.

—Sé muy bien lo que me digo. Y sostengo lo que digo. Éste es mi barco, el *Deborah*. Nada sucede aquí si no es mi voluntad. Digo que el asunto de Dan tiene que ser olvidado... hasta que yo diga lo que tenga que decir.

Ruth, sin apartar los ojos de él, contestó:

—Es usted un hombre fuerte, capitán Pawl, y... amo del barco. Pero hay algunas cosas que están por encima de su mando. Yo soy una de ellas. Mi corazón la otra. Las dos cosas son de Dan.

—Es usted muy valiente —repuso el capitán en tono de burla.

—No tengo miedo —replicó la joven.

—Usted me dijo una vez que no sentía miedo de mí.

—Nunca tendré miedo de usted.

—¿Por qué no?

—No lo sé.

El capitán levantó una mano con ademán de impaciencia.

—Escuche —ordenó—. Su Dan está a una milla de distancia, y no volverá hasta dentro de una hora. Nadie entrará en la cámara si yo no llamo. Le digo a usted que yo la aparto de Dan Darrin. Se lo prometo.

—Pues yo le digo a usted —replicó la joven fieramente— que su fuerza y su seguridad no representan nada para mí. Soy de Dan.

Black Pawl bajó la cabeza buscando en los ojos de la joven un brillo de pánico.

—¿Y no siente usted miedo cuando le digo todo esto?

—No.

La fuerza de la joven, su frío valor, su firme mirada le enloquecían. Durante un largo instante ambos permanecieron mirándose. Luego el capitán se apartó de la muchacha, anduvo vacilante por la cámara y se volvió desde el pie de la escalera para mirarla. Sus labios se movieron como si tuviera un sabor amargo en la boca, y la muchacha sintió deseos de correr hacia él para consolarle, curarle y hacerle descansar. La joven bajó los ojos para que él no viera la ternura en ellos y se volvió lentamente para dirigirse a su camarote.

No habían más que tres pasos desde donde se encontraba hasta la puerta de su camarote. Pero cuando llegó a la puerta oyó que el capitán se movía. La joven se volvió en el umbral y le miró.

El capitán avanzaba hacia ella lentamente. Sus ojos reflejaban amargura e ira, y se tambaleaba al andar.

La joven esperó ante la puerta abierta. A un brazo de distancia de ella, Black Pawl se detuvo tambaleante. Se sentía detenido por una pared espiritual que le cerraba el paso. Durante un tiempo no se movió. No podía hablar. La joven tampoco dijo nada. Durante un segundo permanecieron así, inmóviles y silenciosos.

Entonces Black Pawl comenzó a lanzar maldiciones.

—¡Fuego del infierno! —gritó.

Y poniendo sus grandes manos sobre los hombros de la joven, la hizo retroceder hasta su estrecho camarote. Una vez en el interior, la apartó de él y ella se apoyó contra la pared del camarote. El capitán cerró luego la puerta y acto seguido, apoyando sus hombros contra la misma, la miró a los ojos.

Ruth sostuvo su mirada sin pestañear.

—Bien, ¿sigue usted tan valiente? —preguntó Black Pawl con rudeza, sus labios fruncidos en una sonrisa burlona.

—No tengo miedo —contestó Ruth.

El capitán frunció el ceño y preguntó con acento sombrío:

—¿Qué quiere usted decir, niña? ¿Cómo puede usted decir eso? ¿Cómo no puede por menos de temerme? ¿Por qué no siente miedo?

La joven bajó los ojos como si estuviera pensando y transcurrido un tiempo, le miró de nuevo.

—Se lo diré si puedo, capitán Pawl.

—Diga, pues —ordenó Black Pawl—. Diga. Tenemos tiempo.

—No sé si usted comprenderá —empezó Ruth medio para sí—. Pero... yo creo en Dios. ¡Lo mismo que todos los hombres! Lo mismo que todos los hombres deben de creer en el interior de su corazón. Yo creo que existe un Dios, y creo que es un Dios verdadero que tiene cuidado de nosotros. Creo que tiene cuidado de mí. Así que no debo de sentir miedo nunca. Y... hay otra cosa —continuó la joven—. Ya le dije que había bondad en usted, aun cuando los hombres le llamen Black Pawl. Yo no siento miedo de usted a causa de esa bondad. Yo... le comprendo quizá mejor de lo que se comprende usted mismo. Usted está cansado por haber luchado contra la tempestad, y se siente desgraciado por culpa de Red Pawl. Además, está enfermo por... el licor que ha estado bebiendo. En realidad no sabe usted lo que hace. Pero en el fondo sí lo sabe, y hay demasiada bondad en usted para dejar de mencionarla. Esta bondad no le dejará hacer lo que usted intenta llevar a cabo, capitán Pawl. Esto, en el supuesto de que intentase cumplir sus amenazas. Pero usted no puede hacerlo nunca, capitán Pawl. No puede. Así que no tengo miedo.

Black Pawl la escuchó con el ceño fruncido en su esfuerzo para pensar, y cuando la joven dejó de hablar, permaneció silencioso como si reflexionara. La cabeza parecía a punto de estallarle a consecuencia del dolor que sentía. Sus ojos eran carbones. No lograba pensar. De todo lo que había oído, sólo comprendió que la joven no sentía miedo. Era como un reto que le lanzaban en plena cara. Al fin exclamó con voz tartajosa:

—¿No tiene miedo? ¡Por lo eterno, ahora veremos eso!

Su mano derecha cayó sobre el hombro de la joven, a la que atrajo hacia sí, contra su pecho. Pero Ruth fue pasivamente, sin ofrecer la menor resistencia. Black Pawl le enganchó la cabeza con el ángulo de su brazo y la miró a los ojos, y entonces, súbitamente, sintió una gran vergüenza, algo así como si estuviera pegando a un niño. ¡Y la joven no le había ofrecido la menor resistencia! ¿Por qué no resistía? ¿Por qué no luchaba, poniéndole obstáculos que vencer?

La joven permanecía pasiva, pero le costaba respirar. Como sus pulmones se asfixiaban, se vio forzada a ponerle las manos en el pecho para apartarle de ella.

El capitán lanzó un grito de pronto.

¡Ya! Por fin luchaba. Black Pawl la dejó marchar para gozar del exultante triunfo que supondría capturarla de nuevo. Cuando Ruth se hubo libertado de él, Black Pawl dio un paso y la cogió de nuevo por el hombro.

Bajo su ruda mano, el ligero tejido de la blusa que vestía la joven se rompió. Una ola de náuseas por lo que estaba haciendo le acometió, y el capitán separó su mano.

Y entonces vio, colgando de una pequeña cadena de oro que rodeaba el cuello de la joven, un medallón de oro. Era el medallón que él había regalado a su esposa hacía muchos años.

XIII

Cuando Black Pawl vio el medallón, sus manos cayeron inertes a lo largo de sus costados. Contemplaba fijamente el pequeño objeto de oro, y como sus ojos se enturbiaron, se los frotó con los nudillos y miró de nuevo.

Bajo aquella mirada clavada en su garganta, la muchacha se tornó del color de la grana. No comprendía, pero notaba que un cambio se había operado en el hombre. La joven estaba sin aliento, sorprendida y asustada. Ocupó sus manos en arreglar la blusa. Pero Black Pawl le cogió suavemente por las muñecas y se las apartó, y entonces tomó el medallón con sus toscos dedos, inclinándose sobre ella de modo que su mechón de cabello gris acero rozó el rostro de la joven. Ruth miró entonces hacia abajo y vio que el capitán intentaba abrir el medallón con una roma uña.

Cuando el medallón estuvo abierto, el capitán lanzó un ronco grito. El medallón contenía en uno de sus lados un daguerrotipo que representaba a un niño y en el otro una vieja y estropeada fotografía de mujer. El capitán permaneció contemplándolos durante largo tiempo. Luego cerró el medallón y alzando sus ojos miró los de Ruth Lytton. Ésta vio la negra tragedia que le devoraba y le tocó en el brazo llena de piedad.

—No ha pasado nada —murmuró la joven—. De veras no ha pasado nada.

Sabía que el hombre estaba lleno de vergüenza, aunque ella no comprendía.

El capitán la miraba ahora con ojos vidriosos.

¡Su hija! Era su hija..., su hija. Y el espejo de su amor de los años pasados.

Se tambaleó como bajo una sucesión de golpes. Se balanceó en el lugar donde se hallaba, y de pronto levantó las manos y gritó ante la agonía de lo que había descubierto, y lleno de la más apasionada humillación, invocó al Dios que había olvidado.

Luego permaneció silencioso cual si esperase una respuesta, y como no llegó ninguna, la cabeza del hombre cayó. Después se volvió dando tumbos, abrió la puerta del camarote de Ruth y salió de él. En la cámara se dejó caer en una silla junto a la mesa y descansó la cabeza sobre sus brazos cruzados.

La muchacha estaba aturdida por lo que había sucedido. Pero Ruth Lytton no tenía miedo. Nunca había sentido miedo. Experimentaba una infinita compasión hacia los pecados de Black Pawl y... sabía que el hombre no estaba en sí, pues se encontraba medio enfermo y se sentía abrumado.

El asunto del medallón no significó nada para ella. La joven supuso que la vista de él había evocado en el capitán algún antiguo recuerdo. Pero no sospechó la clase de recuerdo. Sola en su camarote —Black Pawl había cerrado la puerta tras él—, la joven temblaba ante la idea no de su propio peligro, sino del terrible remordimiento y humillación que había en el grito de Black Pawl al invocar a Dios. Jamás había visto nunca a un hombre tan por completo abatido e indefenso ante el Invisible, y la escena había tenido una majestad que la emocionó.

Sin embargo, después de un momento, sintió una ansiedad humana. Había visto todas las profundidades del autodesprecio de Black Pawl, y la sobrecogió un súbito miedo de que el hombre se hiciera daño a sí mismo. Y cuando pensó en la posibilidad de esto, olvidó todo lo demás en su prisa por reunirse con él para consolarle y decirle que no había pasada nada.

Abrió la puerta del camarote para salir. Black Pawl estaba junto a la mesa con la cabeza apoyada en sus manos.

Al principio se asustó un poco ante aquel cuadro de un hombre fuerte anonadado. Luego la mujer que había en ella se dejó dominar por una suave compasión y avanzó rápidamente, quedando junto a él y tocándole la cabeza.

—No ha pasado nada —dijo suavemente—. No ha pasado nada, capitán Pawl.

No acertó a encontrar otras palabras.

Los hombros del capitán temblaron convulsivamente, y la joven supo que estaba llorando, llorando como un niño, con la cabeza sobre sus brazos. Las lágrimas de una mujer llenan de confusión a un hombre. Pero las lágrimas de un hombre espantan y aterran a una mujer. Ruth se sintió abatida al ver que Black Pawl estaba sollozando, y al pronto no supo qué hacer. Sólo podía suplicar:

—¡Por favor! ¡Por favor, no lo haga! No ha pasado nada, de veras.

Con curiosa rapidez el capitán se mostró tranquilo. Levantó la cabeza y miró a Ruth. Sus mejillas estaban cubiertas de lágrimas. Sin embargo, aparecía extrañamente sereno. Su rostro estaba macilento y, sin embargo, sereno. No había en sus ojos nada de la antigua burla. Era como si las lágrimas le hubieran purificado. Miró a la joven, ésta le sonrió con las manos juntas y le pidió:

—¡No sea desgraciado!

Black Pawl la observaba facción por facción, y después de un momento dijo con una voz profunda que no parecía la suya:

—¿Quieres sentarte? Ahí, junto a la mesa. Deseo hablar contigo.

—Naturalmente —contestó Ruth, que se apresuró a sentarse enfrente de él.

De nuevo, durante un rato, el capitán se mantuvo silencioso, hasta que al fin levantó una mano.

—¿Quieres dejarme ver ese medallón? —preguntó.

La joven desabrochó la cadena de su cuello y pasó cadena y medallón al capitán. Este los tuvo en su mano durante un momento; luego abrió el medallón y contempló largamente los dos retratos, mientras las lágrimas asomaban de nuevo a sus ojos. La joven preguntó en tono suave:

—¿Qué significan para usted?

El capitán no contestó, sino que hizo otra pregunta.

—Ruth, ¿dónde conseguiste este medallón?

—Me lo dio mi madre —contestó la joven.

—¿Quién era tu madre?

—Anna Lytton.

El capitán señaló el daguerrotipo del medallón.

—¿Quién es éste?

—Mi hermano —contestó la joven—. Murió antes de nacer yo.

—¿Y quién es... ésta? —y señaló la fotografía de su esposa.

—Mi madre.

El capitán titubeó, preguntando al cabo:

—Es... ¿una buena fotografía?

—¡Oh, sí! Fue hecha antes de nacer yo. Pero es muy parecida.

El capitán se humedeció los labios con la lengua.

—¿Quién fue tu padre? —preguntó.

—Se llamaba Michael Lytton.

—¿Cómo era?

La muchacha sacudió la cabeza.

—No le conocí.

El capitán inclinó la cabeza sobre el medallón. Cuando la levantó fue para preguntar:

—¿Y en dónde vivíais? ¿Cuál era vuestra vida? ¿Me lo dirás?

Ruth hizo un signo de afirmación con la cabeza.

—Nosotras... llevábamos una vida extraña —contestó al fin—. Desde pequeña he vivido entre los isleños. Mi madre fue misionera. Sabía cómo curar a la gente, y todos la querían. Estuvimos con ellos siempre. Pero siempre me decía que cuando ella muriera yo tenía que regresar a casa.

—¿A casa? —preguntó el capitán—. ¿Y dónde dijo ella que se encontraba vuestra casa?

—Pues dijo que me fuera con una gente llamada Chase, que vivía en una ciudad cuyo nombre es Hingham, en Massachusetts.

Black hizo un movimiento con la cabeza como si ya esperase esto. Su esposa se llamaba Anna Chase, de Hingham, en los días en que él la cortejó.

—¿Recuerdas alguna otra vida que no sea la que llevaste entre los isleños? —preguntó el capitán.

La joven movió la cabeza para negar.

—No. Sé que fuimos en un barco mi madre y yo, que desembarcamos en las islas y nos quedamos allí. Creo que el capitán del barco trataba mal a mi madre. Tengo la sensación de que huimos de él. Pero... ella nunca me contó esto. Es medio recuerdo, medio sospecha.

—¿Y no fuisteis nunca a casa mientras tu madre vivió?

—No.

—¿Te dijo alguna vez por qué?

—Decía que su trabajo estaba en las islas y que no podía abandonarlo.

—¿Era feliz?

La muchacha reflexionó, con los ojos medio entornados.

—No siempre —contestó.

El hombre se retrepó en su asiento, y apoyó las manos en el borde de la mesa.

—¿Sabes? —dijo humildemente—. Desearía que me hablaras, que me contases todo lo de tu madre.

—¿Qué desea usted saber? —inquirió la joven con expresión incierta.

—Todo.

En la voz del capitán había una intensidad que sorprendió a la joven. Sin embargo, obediente, empezó a hablar, contándole cosas de su madre, y una vez empezó, ya no se detuvo. Tenía tanto que contar, era tan agradable hablar con alguien que deseaba escuchar aquello...

Ambos estaban tan absortos en su charla que no oyeron nada cuando los botes tornaron. El misionero, que bajó un poco inquieto la escalera de la cámara, les encontró aún sentados ante al mesa, uno frente al otro. La muchacha hablaba con gran viveza y el hombre escuchaba.

Black Pawl vio al misionero y se puso en pie.

—¡Ah, padre! —dijo en voz baja—. Le estaba esperando.

El misionero poseía unos ojos habituados a leer en las almas de los hombres. Notó que un gran cambio se había operado en Black Pawl y vio que el cambio era bueno. Sus ojos se iluminaron.

—Aquí estoy —repuso.

Black Pawl se volvió hacia la muchacha.

—Ruth —le dijo gentilmente—. Tu Dan ha regresado. Ve a darle la bienvenida.

La muchacha se dirigió a la escalera, pero recordando de pronto que tenía rota la blusa, entró en su camarote, volviendo a salir pocos minutos después con una nueva. El misionero había preguntado a Black Pawl: «¿Para qué me quiere usted?» Pero Black Pawl le hizo signos de que esperase.

Cuando la muchacha salió y vio a los dos hombres con sus rostros serios y los ojos de Black Pawl rebosantes de una sombría pena, corrió al lado del último.

—Capitán Pawl —dijo en voz baja—, no debe de ser infeliz. Por favor. Es usted un hombre bueno... Béseme.

El capitán se inclinó con cariño y la besó en la frente; Ruth le sonrió y se volvió para subir a cubierta, donde Dan la esperaba.

Black Pawl miró al misionero y se volvió hacia la mesa.

—Siéntese, padre —dijo.

El misionero obedeció, tomando asiento en la silla donde la muchacha había estado sentada poco antes. Black Pawl se sentó enfrente y después de unos instantes empezó:

—Tengo una cosa que decir que me cuesta mucho soltar —dijo al anciano—. Pero he de decirla. Escuche, padre.

Y con la mayor sinceridad narró toda la historia. No buscó excusas para sí mismo, no palió nada de lo sucedido, pintó todo con sus más feos colores y se retrató a sí mismo tan negro como el abismo. Empezó por el momento en que él y Ruth se quedaron solos en la goleta, y contó todo paso tras paso. Al fin llegó al momento en que su tosca mano le rompió la blusa, descubriendo entonces el medallón en la garganta. En el hombre no había vehemencia ni histeria. Le contó todo tal como era, y al final dijo:

—¡Y entonces supe que ella era mi hija... mi hija!

Permaneció callado tras de pronunciar estas palabras. Parecía esperar a que el misionero hablase. Black Pawl observaba a éste, y mientras lo hacía, en sus ojos pareció asomarse algo de la antigua y cruel burla del mundo.

—Vamos, padre —exclamó con voz ronca—. ¿No es ese el pecado imperdonable?

El misionero le miró con suave sorpresa.

—Me ha parecido que Ruth le ha perdonado a usted —susurró.

Black Pawl contestó vivamente:

—¡Oh, sí! Pero... no hay otra como ella en el mundo.

—Si ella le ha perdonado, nadie le puede culpar —susurró el misionero.

—¿Y qué hay de Dios? —preguntó Black Pawl humildemente.

El misionero le miró y sonrió con suave y amable sonrisa.

—Ya no le llama usted «el Dios mío» —dijo.

Black Pawl sacudió la cabeza.

—No, no. Es mío también. Nadie escapa de Él. Pero ¿qué dirá de esto, padre?

El misionero apoyó sus manos sobre la mesa y sus ojos se encontraron con los de Black Pawl.

—Me parece, capitán Pawl, que en esta hora se ha convertido usted en un hombre nuevo, que ha vuelto a nacer. ¿Es así?

—Sí —contestó Black Pawl—. Así es.

—Entonces... todo este feo asunto quizá lo haya preparado Dios para despertarle.

—Medidas duras, padre.

—Medidas duras se necesitaban, hijo mío —repuso el misionero con suave entonación.

Black Pawl asintió con la cabeza. Sus ojos, que estudiaban al misionero, estaban llenos de recelo.

—Padre —dijo al fin—, usted había sospechado esto desde que yo le hablé.

—Sí, lo sospeché —contestó el misionero con sinceridad.

—¿Y por qué no me lo dijo?

—Tenía mis dudas —repuso el misionero humildemente—. Tenía mis dudas. Pero, además, me pareció que el problema se hallaba en las manos de Dios.

Black Pawl asintió con un movimiento de cabeza.

—¡Oh, sí!

Permaneció callado, de nuevo con sus pensamientos.

Después de un tiempo preguntó, como un niño que desea aclarar sus dudas:

—¿Habrá castigo, padre?

El misionero movió la cabeza.

—No lo sé. ¿No ha sufrido usted?

—Moriría a cambio de poder borrar lo hecho —contestó apasionadamente Black Pawl.

—Morir no es duro —dijo el misionero—. A menudo significa tan sólo liberarse de la infelicidad y del dolor.

—No hay nada que no esté dispuesto a hacer con tal de borrar lo hecho —repitió el capitán con firmeza.

El misionero levantó la mano como para apartar el pensamiento.

—Vamos, capitán Pawl —dijo en voz baja—. Si ha de haber castigo, ya vendrá. Y si ha de haber una copa de expiación, ésta le será ofrecida a sus labios.

Los dos hombres permanecieron silenciosos durante un rato. Pero sin duda sus pensamientos tomaron el mismo derrotero, pues Black Pawl estaba pensando en su hijo cuando el misionero preguntó:

—¿Le hablará usted a Red Pawl de esto?

Black Pawl titubeó.

—No lo sé —y añadió después de un momento—: Padre, tengo miedo a Red Pawl, y... nunca le he temido antes. Tengo miedo por Ruth. ¡No por mí, Dios lo sabe!

—¿No la protegería usted diciéndoselo? —inquirió el misionero.

Black Pawl dejó escapar una amarga sonrisa.

—Yo le he enseñado a no sentir escrúpulos y... ¿qué significará esto para él? ¡Sólo Dios lo sabe!

El anciano dijo firmemente:

—Red Pawl es un fardo sobre su alma, capitán Pawl.

—Sí —contestó Black Pawl—, y muy pesado.

No hablaron más de Red. El misionero preguntó:

—¿Le ha dicho a Ruth quién es usted?

Black Pawl sacudió la cabeza.

—No, no le he dicho nada. ¿Qué derecho tengo yo a arrojar a este padre sobre la muchacha?

El hombre de iglesia sonrió.

—No se trata de arrojar nada —repuso—. Usted es su padre y... yo conozco a Ruth. Deseará saberlo.

Se puso en pie y avanzó decididamente hacia la escalerilla. Black Pawl se puso rápidamente en pie.

—No, padre.

Pero el misionero estaba ya llamando en dirección a la cubierta.

—¡Ruth! —La joven contestó—. ¿Quiere usted venir?

La joven bajó la escalera. El misionero la cogió por la mano. Black permanecía rígido ante la mesa. Ruth miró a uno y a otro.

Fue el misionero quien habló. Lo hizo muy sencilla y brevemente. No dijo todo lo que se tenía que decir, pues no habló de la huida de la madre de aquel hombre. Esto quedó para una hora más tranquila. Pero le contó lo suficiente para que ella pudiera comprender y creer.

Cuando guardó silencio, Ruth miró a su padre y anduvo lentamente hacia él. La joven deseaba acercársele, deseaba llorar, estrechar la cabeza de aquel hombre fuerte y cansado contra su pecho. Pero aquella muchacha poseía fortaleza y comprensión y vio que Black Pawl estaba a punto de rendirse, que sus estropeados nervios podían jugarle una mala pasada, así que cuando se halló ante él, no se echó a llorar ni se arrojó en sus brazos como hubiese deseado hacer. Los propios brazos del capitán pendían a lo largo de su cuerpo, y ella los cogió por el codo y les sacudió un poco, hacia atrás y hacia delante. Luego lanzó una breve y ahogada carcajada y dijo:

—Ya le dije que deseaba que fuera usted mi padre, Black Pawl.

El capitán la abrazó suavemente, dejó caer su cabeza, y su rostro quedó enterrado en el cabello de la joven. Ambos permanecieron inmóviles y en silencio.

El viejo misionero sonrió, saliendo luego a cubierta para dejarles solos.

XIV

Black Pawl y su hija permanecieron juntos toda aquella tarde abajo, en la cámara, y pusieron en claro las viejas cuentas del pasado. Hubo momentos en que se sintieron desgraciados, pero durante la mayor parte del tiempo fueron muy felices juntos. Ya no había más rencor en Black Pawl. Amaba al mundo, amaba a su hija y amaba los recuerdos que ésta evocaba en él. En aquellas breves horas, Black Pawl gozó de mayor felicidad que había gozado durante veinte años. Fue de nuevo como un muchacho, alegre, jovial y deseoso de reír. Sin embargo, había en él humildad y respeto.

Al anochecer subió a cubierta. Red Pawl estaba allí, vigilando los trabajos de reparación del bauprés. Black Pawl miró lo que se estaba haciendo y dijo:

—Buen trabajo, Red.

Había en él un deseo de aplacar a su hijo, de reconquistar la vieja camaradería, de redimir a Red Pawl del mal que le obsesionaba. Pero el segundo de a bordo alzó la vista ante las palabras de su padre y repuso sombríamente:

—Sé hacer mi trabajo. No temas.

Black Pawl hizo una mueca, pues la vieja ira no había muerto enteramente en él. Sin embargo, se contuvo y volvió la espalda. Red se sorprendió de esto. No era propio del capitán. ¿Es que su padre se rendía, se debilitaba y perdía su fuerza? Sonrió furtivamente ante sus propios pensamientos y su corazón comenzó a latir.

Después de cenar, Black Pawl se fue solo a su camarote. Deseaba dormir. Se desnudó, apagó la lámpara de aceite de ballena que colgaba cerca de la cabecera de su litera y se echó en ella.

Pero no logró conciliar el sueño. Pensaba en Ruth, y no podía dormir de felicidad. Pensaba en su hijo, y no podía dormir de pena y de preocupación. Pensaba en su esposa, y hablaba con ella en sus pensamientos.

Existía una gran paz entre él y ella en aquella comunión en la noche. Black Pawl estaba lleno de paz. Incluso cuando pensaba en su hijo no se preocupaba, tan sólo sufría. Ya no se echaba la culpa tan amargamente a sí mismo a cuenta de Red. Se sentía de un modo u otro absuelto. Era como si hubiese expiado algo. Como si previera la inmediata expiación que tendría que sufrir. Quería a Red, su hijo. Pero en su corazón condenaba al hombre. Le condenaba con la firme justicia que es a la vez justicia y amor.

Tenía una gran fe en que Red no haría nunca daño a Ruth. La tarea de él era guardarla, y si su fuerza no era bastante, ya le vendría más fuerza. Había mucha fuerza en ella por el mismo motivo. Pensando en su hija, sentíase inmensamente orgulloso de ella. Era una mujer muy parecida a como había sido su madre. Pero pensó, sin la menor deslealtad, que era mejor que lo había sido su madre, y... Ruth no haría nunca daño a nadie.

Pero... ¿y Red? ¿Qué había de él? Black Pawl se preguntó si tendría que decir a Red que Ruth era su hermana. Pero apartó la idea de su pensamiento. Tenía la sensación de que esto significaría cobardía y apocamiento, puesto que la cuestión estaba entre él y Red. Era como Frankenstein; Red era un monstruo que él mismo había creado, y de lo cual tenía que aceptar la responsabilidad. No debía pedir ayuda. Black Pawl tomó en cierto modo la actitud del misionero. El hombre de iglesia, sospechando que Ruth era la hija de Black Pawl, había guardado, sin embargo, silencio, diciendo que tuvo la sensación de que el asunto estaba en las manos de Dios. Black Pawl pensó que su problema era el mismo. Halló paz pensando esto. Cumpliría con su deber según viera cómo iban las cosas. Pero no más. En la oscuridad y en voz baja dijo al Dios que había encotnrado aquel día:

—Está en tus manos, Señor.
Y añadió:
—Pero yo desempeñaré mi papel cuando me toque.
Así pasó la noche.

XV

Al amanecer, Black Pawl se levantó y se vistió. Como no había dormido, no estaba fatigado. Las fuerzas le habían retornado durante la noche y también la felicidad, la paz y un gran amor a la vida. Cuando la luz del día empezó a filtrarse a través de los ojos de buey del camarote, sintió deseos de estar en cubierta, con el mar a su alrededor y el aire dándole en las mejillas. Deseaba encontrarse con el nuevo sol llevando en los labios algo como una plegaria. Deseaba que aquel nuevo día para el mundo fuera también un nuevo día en su vida.

Se vistió lentamente. Sentía cierta laxitud en todo su cuerpo. Era fuerte, pero le gustaba probar su fuerza a sorbos. No hizo movimientos rápidos. Se abrochó sus ropas con firmes y seguros dedos, sintiendo cierta alegría al observar el perfecto funcionamiento de sus dedos, y pensando en el maravilloso instrumento que es una mano humana.

Gozaba con el rudo roce de la camisa en su garganta. Le gustaba el apretado cinturón que circundaba su cintura. Encontró comodidad en la tosca dureza de los zapatos que se puso. Se lavó, se peinó y se cepilló el cabello. Estaba acostumbrado a llevar la chaqueta abierta y también el cuello de la camisa. Pero aquel día se lo abrochó, se puso una corbata, que no había llevado durante meses, y se abotonó la chaqueta. Se rió de sí mismo por hacer todas estas cosas. «Como un novio que se dispone para su boda», se dijo alegremente. «Pero... ¿por qué no, Black Pawl? ¿Por qué no?»

Había notado al ponérselos que sus calcetines tenían un agujero, y pensó que Ruth le cosería ahora los calcetines. Aquello sería muy agradable. Toda su vida se extendía agradablemente ante él... sombreada sólo por Red Pawl, su hijo.

Pero ahora no debía pensar en Red Pawl. Este pensamiento tenía que ser pospuesto. Aquel día era de felicidad. La felicidad era algo nuevo para Black Pawl, y deseaba beberla profundamente.

Salió de su camarote y se detuvo en el umbral, volviendo la cabeza para mirar sus pertenencias familiares. Era una despedida de ellas, y quizás el hombre presintió que esto era cierto, pues les dedicó una mirada más larga que lo que merecían aquellas cosas; y en su sonrisa había ironía.

En la cámara se detuvo de nuevo y miró a su alrededor. La puerta de Ruth permanecía cerrada. La joven debía dormir aún. Hubiera deseado entrar para besarla mientras dormía, pero no lo hizo. Dan Darrin estaba también en su camarote. ¡Dormido seguramente! Y... —Black Pawl sonrió— podía oír los suaves ronquidos del misionero. Incluso el más espiritual de los hombres puede roncar. Black Pawl sonrió ante este pensamiento.

Sobre la mesa había un libro que Ruth había estado leyendo la noche anterior. Black lo cogió, lo examinó y lo depositó de nuevo en su sitio. Sus ojos se posaron en todas las cosas familiares. Le costaba dejarlas. Al fin se encaminó, contra su voluntad, hasta el pie de la escalera, subiendo a cubierta.

Red Pawl estaba allí, en el saltillo de popa, hablando con Spiess. El marinero tenía un cubo atado con una cuerda y él y dos o tres marineros más estaban limpiando la cubierta. Cuando oyeron a Black Pawl, los dos hombres le miraron y Spiess volvió a su trabajo. Red observó a su padre.

El sol surgía en aquel momento por el horizonte. Black Pawl le echó una mirada y luego observó todo el cielo.

—Un hermoso viento, Red —dijo de buen humor—. ¿Crees que podremos zarpar hoy?

Red estudió el cielo y se mordió el reverso de su mano.

—No lo sé —contestó.

—Habéis hecho el trabajo rápidamente —añadió Black

Pawl—, y ha sido un buen trabajo.

Red miró a su padre y sonrió como si el viejo estuviera mintiendo y él lo supiera.

—Estoy contento de él —añadió Black Pawl.

—Me alegro de que te sientas complacido —repuso Red.

En su tono había una sardónica amenaza. Pero Black Pawl la ignoraba. No estaba de humor para ofenderse por tonterías. Llegó hasta la borda y permaneció allí solo. Pero pronto volvió a donde se encontraba Red y dijo con naturalidad:

—Red, creo que dejaré el mar después de este viaje.

Red Pawl repuso sonriendo:

—Sí, te estás haciendo viejo.

Black Pawl movió la cabeza con buen humor.

—No, no es eso. Es que el mar me cansa. Quiero tener mi pie en tierra firme una temporada antes de morir.

—Encontrarás más fácil estar en tierra que estar en el mar —repuso el segundo de a bordo.

El capitán sonrió.

—Sí, el mar es duro. Quizá no haya necesidad de tanta dureza en tierra. —Y añadió mirando a Red—: Lo más probable es que el barco sea tuyo cuando yo lo deje, Red.

Red dirigió una rápida mirada en dirección a Spiess, que seguía trabajando. Pero Black Pawl ignoró la mirada.

—Es muy probable —se limitó a contestar Red.

Black Pawl se volvió entonces y escrutó a su hijo con ojos pensativos. Al cabo dijo:

—Red, he estado pensando. Tú y yo no nos hemos llevado siempre como se han de llevar un padre y un hijo.

Red miró a su padre en silencio.

—Siento que haya sido así —continuó Black Pawl—. No es una cosa agradable. Creo que en buena parte la culpa es mía. No he sido para ti todo lo que debía, ni te he guiado lo sabiamente que tenía que hacerlo. Lo siento, Red Pawl.

No había la menor suavidad en la voz de Red cuando replicó:

—No tengo por qué lloriquear. Estoy dispuesto... contra cualquier hombre.

—Siento que luchásemos... no hace mucho —dijo

Black Pawl en ton suave.

Red escondió sus labios.

—No lucharemos de nuevo —continuó Black Pawl—. No lucharemos mi hijo y yo. Digo, Red, que hoy me arrepiento de todos mis errores.

Si había una súplica en su voz, Red no respondió a ella. En los ojos del segundo de a bordo no se reflejó la menor ternura. Allí había sólo un negro odio, y cuando el padre vio esto en el rostro de su hijo, se volvió de espaldas. De súbito se sintió cansado.

Cuando Black Pawl se apartó de Red Pawl, pasó de la popa a la cubierta grande. Avanzaba hacia el combés llevado por un deseo de escapar de lo que había sorprendido en los ojos de Red Pawl.

Spiess estaba a cuatro patas sobre la cubierta, el cubo de agua a su lado. Cuando Black Pawl pasó junto a él, Spiess volcó un poco el cubo de forma que algo de agua se vertió de él y con intención o sin ella, mojando las botas del capitán. Automáticamente, como respondiendo a un hábito largo tiempo practicado, Black Pawl dio un puntapié al hombre arrodillado, lanzó un juramento y continuó su camino.

Mientras avanzaba hacia el combés, su espalda quedó vuelta hacia Spiess. Éste, entonces, se puso en pie sin hacer el menor ruido, levantó el cubo por la cuerda y le hizo trazar un círculo. El cubo cayó sobre la cabeza de Black Pawl. Si le hubiera dado de lleno, podría haberle aplastado el cerebro. Pero le dio de tal modo que la cabeza chocó con el borde del cubo, y el fuerte balde se hizo añicos por la fuerza del golpe. Éste no mató a Black Pawl, aunque le dejó aturdido. No quedó inconsciente, pero sus sentidos se resintieron y cayó de bruces.

Automáticamente intentó apoyarse sobre sus manos y rodillas para levantarse y volverse. Pero mientras estaba sobre sus manos y rodillas, Spiess saltó sobre su espalda.

Entonces el marinero hundió su cuchillo hasta el puño entre los omóplatos de Black Pawl.

XVI

Fue como si la hoja del cuchillo hubiera tocado un manantial de vida interior de Black Pawl. Éste se alzó con un rápido y fiero movimiento que arrojó a Spiess al suelo, donde quedó extendido. Entonces Black Pawl se volvió y se le quedó mirando, y Spiess se levantó con el rojo cuchillo en la mano. Observaba a Black Pawl, un poco encorvado, las rodillas inclinadas como para dar un salto.

Black Pawl miró a Spiess y luego a su hijo. El segundo de a bordo estaba en pie en la popa, mirándolo todo como si lo que sucedía no le concerniera lo más mínimo. Black Pawl comprendió entonces. Red había planeado aquello, lo había permitido.

Black Pawl rió mirando a Spiess; luego pasó lentamente ante él para dirigirse al alcázar. No prestó más atención a Spiess, y cuando el marinero vio esto, limpió el cuchillo en la pernera de su pantalón y lo volvió a meter en su vaina. Luego miró a Red Pawl, y como el segundo de a bordo no decía ni hacía nada, Spiess se colocó de nuevo a gatas y siguió con el baldeo de la cubierta.

Los otros marineros que compartían este trabajo con él, y que se pusieron en pie al iniciarse la tragedia, permanecían ahora formando un grupo murmurador y observando. Todo había sucedido en el mayor silencio. No se había oído ni una palabra. El barco estaba tan tranquilo como la misma muerte, pues la muerte había volado sobre las cubiertas del *Deborah* en aquella hora.

Black Pawl anduvo hacia la popa, y los hombres vieron que una mancha roja se extendía por la parte posterior de su chaqueta. El capitán subió los escalones hasta la cubierta de popa, titubeó un segundo y luego se volvió y se sentó en la cubierta con la espalda apoyada contra la borda. Entonces medio cerró los ojos y su cabeza se inclinó hacia un lado. Parecía estar ya muerto.

Pero no lo estaba. Su mente no había sido nunca tan clara, tan aguda. Su cuerpo estaba paralizado, pero su cerebro permanecía vívido. No sentía el menor dolor, no sentía ninguna sensación excepto un tibio y húmedo entumecimiento que se extendía por su espalda. También le costaba un poco respirar. Había algo que hervía en su garganta y algo húmedo en sus labios, y cuando se los tocó con débil mano, sus dedos se separaron manchados de rojo.

Vio esto a través de unos ojos semicerrados, sentado allí inmóvil y con la cabeza caída hacia un lado.

Todo había sucedido tan en silencio... Esto era lo más horroroso. Había habido un instante de movimiento y después, nada. El trabajo en la goleta proseguía con toda normalidad. Spiess continuaba baldeando la cubierta sin mirar a Black Pawl. El segundo de a bordo permanecía sin hacer nada, apoyado en la borda, como si nada hubiese sucedido. El pequeño grupo de hombres que se encontraban cerca del palo mayor murmuraban entre sí con la cara pálida. Ellos eran la única nota de movimiento en la pacífica escena.

Black Pawl estaba pensando. Pensaba con intensidad y rapidez, considerando lo que estaba hecho y lo que debía de hacerse. Sus pensamientos recorrieron vastos espacios en breves segundos. Corrían como bien entrenados corredores.

Decidió que se estaba muriendo, que moriría muy pronto. Bien, él no tenía miedo a la muerte, puesto que moría con los libros en regla. Pero... ¿tenía los libros en regla? Allí estaba Red Pawl... su hijo.

Red Pawl le había matado. Esto era tan cierto como si la propia mano de Red Pawl le hubiese hundido el cuchillo entre los omóplatos. Red había convencido a Spiess, seguramente prometiendo protegerle. Si necesitaba pruebas de esto, allí estaba la actitud de Red ahora. Si hubiera en él alguna inocencia, habría atacado a Spiess, o bien —Black Pawl sabía que el segundo llevaba siempre un revólver— habría disparado sobre Spiess en cosa de segundos después que éste perpetró su hazaña.

Sí, Red Pawl le había matado... Red Pawl, su hijo.

El capitán no sintió ira contra Red Pawl al llegar a esta conclusión. No le sorprendía, porque... Red Pawl era como él, Black Pawl, le había hecho. Él le había enseñado la violencia, la crueldad. No había enseñado a Red ninguna virtud, salvo quizá la bravura. Había enseñado al muchacho a tener fuerza, a ser brutal y a ultrajar. Le había enseñado la crueldad, le había enseñado a odiar al mundo, le había enseñado a fanfarronear con los hombres y a despreciar a las mujeres. Había hecho a Red el hombre que era ahora, y si Red le había matado, esto era debido a sus propias enseñanzas. Había enseñado a Red cómo matar.

Red sería ahora el amo del *Deborah*. Sucedería a Black Pawl como capitán. Archivaría el incidente en el cuaderno de bitácora. Sin duda lo haría constar de la manera más favorable para Spiess, y sin duda Spiess tendría oportunidad de escapar antes de que llegasen a puerto. Esto era lo que sucedería. Esto era la parte esencial del todo. Red había inducido a Spiess a matar a Black Pawl; ahora Red tenía que salvarle de las consecuencias. ¡Así estaban las cosas! Black Pawl no sentía rencor contra Spiess. Le odiaba tan poco como al cuchillo que Spiess había hundido entre sus costillas. Spiess era un instrumento; Red Pawl era el asesino.

Los sentidos de Black Pawl se ensombrecieron durante un rato. Su vida estaba acabada. El barco seguía envuelto en el silencio. El sol subió más alto, dándole en el rostro a Black Pawl. El viento le mejoró. Los pájaros que volaban en círculo lanzaban gritos muy poco musicales. Los hombres murmuraban junto al palo mayor. Spiess seguía fregando el piso de la cubierta. Red Pawl, inclinado contra la borda, observaba morir a su padre.

Pero Black Pawl no estaba aún dispuesto a morir. Quedaban problemas que tenían que ser resueltos. Quedaba todavía vida con la que enfrentarse y ser conquistada. Podía no morir. Volvió de nuevo lentamente a recuperar sus plenas facultades y quedó con el pensamiento alerta, lúcido y concreto.

Red Pawl sería el amo del *Deborah* y salvaría a Spiess

del castigo. ¿Qué más podía hacer?

Black Pawl asintió con su cansada cabeza. Ahora llegaba al punto crucial. ¿Y Ruth? ¿Qué le pasaría? ¿Qué le sucedería siendo Red amo y señor del pequeño y restringido mundo de la goleta? ¿Cómo le iría?

No había misericordia en Red Pawl. El capitán sabía esto. Era un hombre sin escrúpulos. Aquí estaba lo que le había hecho a Black Pawl. Red era el negro peligro personificado. Era una amenaza viviente, un rojo peligro para la muchacha.

¿Y el misionero, lo cual era lo mismo que decir Dios? Quizá serviría de algo. Pero... los hombres tienen que hacer su papel. Él había prometido que haría el suyo. ¿Debía Dios hacer algo?

¿Y Dan Darrin? ¿Podría Dan guardar a la muchacha que le quería? Quizá sí, quizá no. Dan era bastante valiente y bastante fuerte. Pero que fuese osado, valiente y fuerte, no bastaba. Carecía de astucia. Red Pawl podía burlarle fácilmente, cegarle, atacar cuando Dan estuviera descuidado, y... Red había matado a su padre, así que no tendría escrúpulos en matar también a Dan Darrin.

Por tanto, Dan Darrin no era un seguro guardián. ¿Quién más quedaba? Uno por uno, Black Pawl consideró a cada uno de sus hombres, y ninguno le satisfizo. A bordo del *Deborah* no había poder que pudiera proteger a la muchacha una vez él, Black Pawl, hubiese desaparecido.

Black Pawl no huía de su responsabilidad, y Red era su responsabilidad. La conclusión era inevitable. No sentía ira contra su hijo, no sentía odio. Había sólo un profundo amor y un dolor aún más profundo. Se estremeció, y lentamente, por infinitos grados, fue abriendo los ojos.

Vio al *Deborah*, la goleta a la que había dado todo su afecto, el mundo que había gobernado. Vio el cielo azul sobre su cabeza y las velas plegadas en los palos, vio al grupo de los hombres pálidos cerca del palo mayor y vio a Spiess baldeando sombríamente la cubierta, olvidado de todo lo que había sucedido. Se preguntó si Dan Darrin subiría pronto a cubierta. Dan, el misionero y la muchacha seguirían aún dormidos en sus camarotes, abajo. Así era mejor.

Extendió su cansada mirada por todo lo que veía ante él, y vio a Red Pawl. Red no se había movido, continuaba inclinado contra la borda, observando cómo moría su padre.

Black Pawl intentó hablar. Pero sentía un burbujeo en su garganta y la cosa resultaba difícil. Hizo un esfuerzo y dijo con voz bastante firme, aunque muy baja:

—Red, ése me ha matado.

Red no respondió durante un momento, hasta que al cabo dijo sin entonación:

—Sí, te ha matado.

El capitán estaba reuniendo sus fuerzas.

—Ven aquí, Red —murmuró—. Tengo... cosas que decirte, y me cuesta... hablar.

Red titubeó. Pero se acercó lentamente y quedó junto a su padre, mirando hacia abajo para verle.

—Me ha matado —repitió Black Pawl.

Red hizo un signo de asentimiento.

—No me... importa morir —continuó Black Pawl—. Pero, Red... odio morir... ensartado... como un cerdo.

Red Pawl miró a Spiess y de nuevo a su padre.

—Sí, como un cerdo —repuso.

En su tono no había suavidad ni compasión.

Black Pawl miró ahora hacia donde se encontraba Spiess.

—Mátale delante de mí, Red —murmuró.

Red sacudió la cabeza.

—No. Sería una muerte demasiado rápida. Ya me cuidaré de él a su debido tiempo. No temas.

—Mátale —pidió Black Pawl.

Red tornó a sacudir la cabeza. El capitán levantó entonces una débil mano.

—Entonces, Red, dame mi revólver. Está en mi camarote. Yo le mataré. Hazlo por mí.

El segundo de a bordo reflexionó. A continuación dijo:

—No. Él acabaría contigo mientras yo estuviera abajo.

La cabeza de Black Pawl cayó.

—Sí —asintió—. Acabaría conmigo.

Permaneció pensativo, en silencio, durante un rato. Red vio que sus hombros temblaban por la dificultad que tenía en respirar. Entonces el capitán le dirigió una mirada de cansancio.

—Dame tu revólver, Red —murmuró—, ya que no quieres ir a buscar el mío.

Red Pawl titubeó, pensando con rapidez. Era frío y sin escrúpulos. ¿Le aprovecharía aquello? Se podía suponer que Black Pawl disparase contra Spiess y errase la puntería. Entonces Spiess sería un enemigo de consideración, ya que pensaría que Red Pawl le había traicionado. Pero... Red no tenía miedo a Spiess. Podría siempre dominar a aquel hombre. Por otra parte, se podía suponer que Black Pawl acertase en su disparo. Entonces Spiess quedaría fuera de la escena. Esto estaba bien, era conveniente. Le aclararía el campo, pues haría desaparecer las pruebas contra él. Sí, podía comprender que Spiess muriera. En esto había justicia y ninguna dificultad con el diario de a bordo. Black Pawl fallaría probablemente. Sus manos debían de haberse debilitado y carecerían de nervio. Sin embargo, había sido siempre un gran tirador. Tenía muchas probabilidades.

Miró en la dirección de Spiess e hizo un guiño a éste cuando vio que el hombre le miraba. Lo hizo para tranquilizarle. Siempre podría explicarle luego que había sabido desde el principio que Black Pawl erraría... si es que el capitán erraba. Si no era así, entonces el guiño habría sido un gesto inútil. Spiess continuaba estólidamente su trabajo.

Black Pawl sorprendió el guiño que su hijo hizo a Spiess y lo comprendió.

Red dijo escuetamente:

—Bien, si tú quieres...

Sacó el revólver del bolsillo de su chaqueta y se lo entregó a Black Pawl. El capitán lo tomó con ambas manos cuidadosamente.

Podía no estar cargado. Actuó en el mecanismo, abrió el revólver y vio las gruesas balas alojadas en la recámara. ¡Cargado!

Así estaba dispuesto. Miró a Red Pawl.

—Arrodíllate, hijo —le dijo—. Sosténme. Estoy muy débil, hijo mío.

Si Red Pawl tenía amigos entre los hados, éstos le olvidaron en aquel momento. Avanzó un paso hacia su padre, se arrodilló ante él y apoyó los brazos en sus hombros para colocar al capitán sentado.

Sus rostros no se encontraban ni a seis pulgadas de distancia uno de otro. Black Pawl dijo suavemente:

—Siempre te he querido, hijo.

Red Pawl sonrió burlonamente ante estas palabras. Mientras la sonrisa seguía aún en su rostro, el moribundo hizo acopio de la última onza de energía que le quedaba y levantó el revólver; luego, apoyando el cañón contra el pecho de su hijo, disparó a Red Pawl en el corazón.

XVII

Red Pawl se derrumbó en el regazo de Black Pawl, y los brazos del capitán abrazaron a su hijo y lo mantuvieron cerca de él. El revólver cayó sobre la cubierta, a un lado del grupo. Black Pawl mantenía contra su pecho el cuerpo del hijo que había matado.

El ahogado disparo del revólver rompió la quietud de la goleta. Los hombres que se encontraban en ella comenzaron a hablar y a gritar histéricamente. Al oírlo, Dan Darrin se tiró de su litera y trepó por la escalerilla a medio vestir. Llegó a cubierta a tiempo de ver a Black Pawl con su hijo muerto entre los brazos. Estuvo al lado de Black Pawl en un salto, y al principio no vio que el capitán estaba herido. Gritó:

—¿Qué es esto, señor?

Black Pawl le miró, sonrió y repuso con voz tranquila:

—¡Dan Darrin, eres el dueño del *Deborah*!

Dan Darrin palideció, cogió el cuerpo para llevárselo, pero Black Pawl le dijo:

—Déjamelo. Déjamelo hasta el fin, Dan.

—¿Qué ha sucedido? —preguntó Dan descompuesto—. ¿Qué ha sucedido, capitán Pawl?

Black Pawl miró hacia donde Spiess se dedicaba estólidamente a su tarea, todavía arrodillado. Lentamente, con un esfuerzo a cada palabra, dijo:

—Spiess me acuchilló, Dan. No me cabe la menor duda que a instancias de Red. Pero no anotes eso, muchacho. Spiess me acuchilló... He matado a mi hijo. He matado a Red Pawl. Así que ahora tú te harás cargo del barco y lo llevarás sano y salvo a la patria.

Dan le miró fijamente y Black Pawl añadió con voz ronca:

—Y hazte cargo de Ruth también, Dan Darrin. Ella te quiere y es digna de tu amor. ¡Mi Ruth!

—Déjeme reconocerle, capitán —pidió Dan Darrin—. Se pondrá usted bien.

Black Pawl sacudió la cabeza.

—Estoy a punto de irme, Dan. Déjame descansar hasta el final.

Entonces sus ojos, mirando por encima de la cabeza de Dan, se iluminaron de orgullo. El misionero, despertado por el disparo lo mismo que Dan, se aproximaba. Black Pawl le sonrió.

—¡Eh, padre! —dijo con voz exhausta—. Se ha producido una expiación. ¡La copa amarga! Y... la he bebido entera, padre. He matado a mi hijo.

El viejo misionero poseía el don de la comprensión y entendió una parte de lo sucedido. Pero miró a Dan Darrin con una interrogación en sus ojos y Dan se apresuró a responder:

—Spiess acuchilló al capitán, y él supo que esto había sido cosa de Red Pawl y disparó contra él.

Black Pawl sacudió la cabeza.

—No, padre. No por mi muerte, no le he matado por eso. Usted... comprenderá.

—Sí, Black Pawl —repuso el misionero—. Sí, comprendo.

—Yo le quería, padre.

—Ya lo sé.

—Y no estaba enojado porque me hubiera matado. Es lo que me merezco. No estaba enojado por eso.

—Ya sé —repitió de nuevo el hombre de iglesia.

—Pero se hubiera convertido en amo del barco, padre. Negro como era, negro como yo le hice, se hubiera convertido en amo del *Deborah*, y esto no podía ser.

El misionero colocó una mano sobre el hombro de Black Pawl.

—Permítanos que lo llevemos —dijo—. Permítanos atenderle a usted.

Los brazos de Black Pawl se apretaron alrededor del cuerpo de su hijo.

—No, padre. Déjeme tenerle... hasta el fin.

—Usted no se está muriendo —gritó Dan Darrin.

Black Pawl sonrió y miró al misionero.

—Dígaselo usted —murmuró.

El hombre de iglesia asintió con la cabeza.

—Sí, se está muriendo, Dan —dijo.

Black Pawl preguntó vivamente:

—¿Y qué dirá Dios de esto, padre?

—No dirá nada malo, Black Pawl.

—¿Está usted seguro? ¿Seguro?

—Completamente seguro.

—Le maté por amor, padre.

Black Pawl permaneció silencioso, los ojos cerrados durante un rato. Luego preguntó suavemente:

—¿Cree usted que tengo derecho a ver de nuevo a mi muchacha?

El misionero contestó rápidamente:

—Dan, traiga a Ruth. En seguida.

Dan, en pie para marcharse, repitió las últimas palabras de Black Pawl con una interrogación en su voz.

—¿Su muchacha? —dijo.

—Su hija —contestó el hombre de iglesia.

El misionero se quedó al lado de Black Pawl y éste, con los ojos cerrados, apretó más a su hijo entre los brazos. Oyó los pasos de Ruth y abrió los ojos cuando ella se inclinó sobre él.

—¡Ah, preciosa! —dijo vivamente—. Pon tus manos sobre mi cabeza y pásame los dedos por el cabello. Tu madre... acostumbraba a hacerlo del mismo modo.

Black Pawl miró a su hija largamente y luego sus ojos se cerraron de nuevo, y a través de los cerrados párpados se escaparon lágrimas que se deslizaron por sus mejillas y cayeron sobre la cabeza de su hijo, sostenida contra su pecho. Ruth le habló. Pero él parecía no oírla. Durante un tiempo el capitán no se movió. Pero cuando trataban de quitarle a Red Pawl, sus brazos aumentaban la presión. Al cabo sus ojos se abrieron una vez más y miró a su hijo, y murmuró roncamente, porque el aliento se trabucaba en sus pulmones:

—¡Eh, Dan, hijo mío! Te engendré con amor, pero te eduqué en el odio, en el rencor y en la crueldad, y al final... te he matado. Pero yo siempre... te quise... pequeño Dan... mi pequeño... muchacho...

Su cabeza cayó suavemente hacia delante hasta que descansó sobre la cabeza de su hijo. Ya no se movió más.

XVIII

Tres días después el *Deborah* se alejó de su fondeadero de la isla. Su aspecto era de nuevo el aspecto de un barco. Sus palos habían sido remendados y ahora podrían resistir cualquier temporal. Los amplios mares se abrían ante ellos con la patria al final de las leguas azules que se extendían ante su proa, y Dan Darrin era el capitán sentado en la popa, con el viejo Flexer como su segundo.

Spiess estaba abajo, encadenado y lleno de un estupor que era como la misma muerte. La vida se había acabado para él tan verdaderamente como para aquellos otros dos, Black Pawl y Red Pawl, su hijo. Se desesperaba encadenado y no tenía estómago para probar la comida. En el segundo mes del lento bogar hacia la patria, murió.

Antes de que abandonaran la isla, los restos de Black Pawl y del hijo que había engendrado fueron depositados en ella. Les enterraron juntos, cerca de la costa, donde se oía el ruido de las olas. Sobre ellos murmurarían eternamente los fuertes y rápidos vientos que ambos habían amado.

Ruth no se sintió demasiado desgraciada por aquella separación. Sentía en su corazón que todo estaba bien para ellos, tanto para Black Pawl como su hijo. No encontraba una razón para esta fe que había en ella. Pero cuando habló de ello al viejo misionero, éste hizo un signo de asentimiento con la cabeza y dijo:

—Yo también siento eso, Ruth. Es como si por la mano de Black Pawl ambos se hubieran redimido.

La muchacha era también feliz con Dan. Desde el día en que ambos fueron despertados por el disparo, no habían hablado de lo que había entre ellos. Pero... estaba en sus ojos, y mutuamente lo veían. Él lo sabía y ella también lo sabía, y en sus largos silencios se comunicaban.

Pero Dan no quería hablar. Una reserva le mantenía callado. Temía ser un intruso en los pensamientos de la joven relativos a Black Pawl. Tenía miedo de que no hubiera sitio para él en el corazón de Ruth hasta que hubiera olvidado sus recuerdos, y estaba contento de esperar. Había en él una lenta fuerza. Estaría dispuesto en cuanto ella se volviera hacia él.

Pero... Ruth no deseaba esperar. Consideró el problema con una sonrisa que le levantó las comisuras de sus labios. Lo pensó durante un día, otro día y otro, y al final rió suavemente, asintiendo con la cabeza como si hubiera tomado una decisión.

En la tarde del séptimo día el misionero estaba leyendo junto a la mesa de la cámara. Dan se hallaba sentado enfrente y Ruth al lado de Dan. Dan escribía en el diario de a bordo. La joven le observaba y sonreía con ternura mientras la gran mano apretaba torpemente la pluma. Al cabo, la joven se puso en pie, marchó con paso ligero hacia el pie de la escalera y subió a cubierta. Dan notó su marcha, la estuvo mirando hasta que desapareció de su vista y tornó a su tarea.

Después de un tiempo, el viejo Flexer bajó de cubierta y quedó titubeando al pie de la escalera. Dan le miró y preguntó:

—¿Qué pasa, Mr. Flexer?

—No lo sé —contestó Flexer quitándose la gorra y rascándose la cabeza—. Miss Ruth me ha dicho que bajara. Parecía haber tomado una determinación.

—¿Ruth? ¿Sobre qué?

—No lo sé de cierto —repitió Flexer.

Entonces se oyeron unos pasos tras él y Flexer se apartó torpemente para que Marvin, el cocinero, bajara llevando a Ruth pegada a sus talones. Ruth se detuvo al pie de la escalera y miró a Dan y al misionero. Marvin y el viejo Flexer permanecían juntos, inciertos e intranquilos.

Dan y el misionero se pusieron en pie. No podían apartar los ojos de Ruth. La joven respiraba gloria en todo su aspecto, y mientras ellos permanecían inmóviles, ella cruzó hasta donde estaba Dan y le miró.

Dan no pudo hablar, pero el viejo misionero preguntó:

—¿Qué es esto, Ruth? ¿Qué idea te guía?

La joven tomó la mano de Dan y ambos se encararon con el hombre de iglesia, y entonces, con el rostro bellamente encendido, Ruth dijo con suavidad:

—Esto, padre. Ésta es mi idea. Si Dan...

La joven no pudo concluir, pero no había necesidad. El misionero sonrió. Dio un breve paso hacia delante e inmediatamente empezó a pronunciar las viejas palabras conocidas. Por encima de las cabezas, la bamboleante lámpara de aceite chorreaba. Flexer y Marvin observaban en la sombra, y en una ocasión Ruth miró a Flexer, y por un momento pensó que estaba viendo al mismo Black Pawl contemplando todo con ojos felices y llevando a alguien bienquerido a su lado... Luego la visión desapareció y la joven se encontró contestando a las preguntas del padre mientras bajo sus pies la goleta se hundía y se alzaba suavemente por obra del mar. Y el mar se extendía, bello y enorme, ante la proa de la goleta... y era como los años que les quedaban por vivir.

Índice

POPULAR
Planeta

obras publicadas

1. *Yo soy Fulana de Tal*. Álvaro de Laiglesia
2. *Edad prohibida*. Torcuato Luca de Tena
3. *Madrid, Costa Fleming*. Ángel Palomino
4. *Don Camilo*. Giovanni Guareschi
5. *El viejo y el mar*. Ernest Hemingway
6. *El Giocondo*. Francisco Umbral
7. *Kim*. Rudyard Kipling
8. *Mariona Rebull*. Ignacio Agustí
9. *La vida nueva de Pedrito de Andía*. Rafael Sánchez Mazas
10. *Pedro Páramo* y *El llano en llamas*. Juan Rulfo
11. *Redoble por Rancas*. Manuel Scorza
12. *Fulanita y sus menganos*. Álvaro de Laiglesia
13. *Mayo fue el fin del mundo*. Frank Yerby
14. *Adagio confidencial*. Mercedes Salisachs
15. *El fulgor y la sangre*. Ignacio Aldecoa
16. *Torremolinos Gran Hotel*. Ángel Palomino
17. *Cuatro patas para un sueño*. Álvaro de Laiglesia
18. *El hombre que fue Jueves*. G. K. Chesterton
19. *Los amorales*. Eduarda Targioni
20. *El viudo Rius*. Ignacio Agustí
21. *El último verano de Klingsor*. Hermann Hesse
22. *Retrato de una bruja*. Luis de Castresana
23. *La casa de las Chivas*. Jaime Salom
24. *La insolación*. Carmen Laforet
25. *El oficio más viejo del mundo*. Pitigrilli
26. *Con el viento solano*. Ignacio Aldecoa
27. *Tres pisadas de hombre*. Antonio Prieto
28. *Réquiem por una furcia*. Álvaro de Laiglesia
29. *Al otro lado del río y entre los árboles*. Ernest Hemingway
30. *Operación «Doble dos»*. Gonzalo Suárez
31. *Tánit*. Ramón J. Sender
32. *La brújula loca*. Torcuato Luca de Tena
33. *Las hogueras*. Concha Alós
34. *Sólo se mueren los tontos*. Álvaro de Laiglesia
35. *Pequeño Teatro*. Ana María Matute
36. *Las últimas banderas*. Ángel María de Lera
37. *Snobissimo*. Pierre Daninos
38. *Paralelo 35*. Carmen Laforet
39. *Pasos sin huellas*. F. Bermúdez de Castro
40. *El cacique*. Luis Romero
41. *La vuelta de don Camilo*. Giovanni Guareschi
42. *La noche*. Andrés Bosch
43. *Embajador en el infierno*. Torcuato Luca de Tena
44. *Todos los hermanos fueron valientes* y *Black Pawl*.
Ben Ames Williams